全民微阅读系列

遇　见

谢松良　著

江西高校出版社

图书在版编目（CIP）数据

遇见 / 谢松良著 . — 南昌：江西高校出版社，
2017.6

（全民微阅读系列）

ISBN 978-7-5493-5322-4

Ⅰ. ①遇… Ⅱ. ①谢… Ⅲ. ①小小说 — 小说集 — 中国
— 当代 Ⅳ. ①I247.82

中国版本图书馆 CIP 数据核字（2017）第 125554 号

出 版 发 行	江西高校出版社
社　　　　址	江西省南昌市洪都北大道 96 号
总编室电话	（0791）88504319
销 售 电 话	（0791）88505573
网　　　　址	www.juacp.com
印　　　　刷	北京一鑫印务有限责任公司
经　　　　销	全国新华书店
开　　　　本	700mm×1000mm　　1/16
印　　　　张	14
字　　　　数	163 千字
版　　　　次	2017 年 6 月第 1 版
	2020 年 7 月第 2 次印刷
书　　　　号	ISBN 978-7-5493-5322-4
定　　　　价	36.00 元

赣版权登字-07-2017-590

序　言

小小说和皮影戏

张晓林

起初，我想把题目定为《小小说就要往"小小"里写》,转念一想,觉得不妥,古人说得好,文无定法！小小说要往"小小"里写,只不过是我个人的写作观点,别人不一定苟同,认为小小说也可以往"大大"里写的小小说作家肯定会大有人在。

谢松良近年来在写作上已经是很有成绩了,小小说该怎么写,他心里是有数的。硬要说小小说该如何写,就有点勉为其难的意思了,我不愿意这样做。

以谢松良目前的写作状态论,可以说是到了痴情的地步,用一个比喻,正处于年轻人的热恋期。从 2014 年接触到现在,他先后发来近 30 篇小小说给我,每次都谦虚地请我修改,有一次整整发来十篇。这种近乎狂热的写作,年轻时我也有过。我认为这是一种积极的创作方式,年轻时不狂热一些,不做几件出格的事,年老的时候不会有太大的作为。

看过谢松良发来的作品后,曾给他提过一些建议,也在我主编的《东京文学》和后来的《大观》杂志发表了几篇,还向兄弟刊物推荐过去一些篇目,其命运如何,没听松良说起,结果就不得而知了。中间,我还给松良寄去杨晓敏先生主编的《小小说典藏》(10卷本),以及我自己新近出版的几部小小说作品,也是想让松良能从中汲取一些有用的东西,借鉴一下。

这次谢松良又发来准备结集出版的小小说书稿,读过之后,我明显地感觉到,松良的笔触是跟着生活走的,生活是我们写作取之不尽的源泉。这部小小说集里的行文都很自然,没有痕迹可循,因为生活就是这样的,自然而然地发生着,变化着,绝不会按照任何人的设计去改变它的轨迹。尊重生活,成了松良小小说写作的特点。不要忽略这一点,不是每个小小说作家都能做到这一点的。我阅读当下的小小说时,就发现部分的小小说,行文中人为设计的成分太浓,完全不顾生活的丰富性和神秘性,看了开头就知道了结尾,把生活模式化了,松良的小小说避开了这些。他的小小说,后一个情节对前一个情节来说,永远都是一个未知数。这是松良的聪明处,也由此拉开了和上面提到的那部分小小说作者的距离。

透过谢松良的作品,还可以看出他的另一点聪明处。松良小小说里的人物,都是从生活中走出来的,他们就生活在我们的周围,我们闭上眼睛就能回想起他们的脸孔来。但拿这些人物来写小小说,就看作者处理人物的水平了。松良探索出了处理人物的一套方法,在他的小小说中,人物是根据需要出场的,该张三出场了,他的笔下,张三就出来了;该王五出场了,亦是如此。

这样做有什么好处呢？能有效地推动小说情节的发展，不至于有写不下去的情况发生。这在他《校长卢夏》《别处的风景》《雀庄往事》《相亲》《暗战》等小小说中看得很清楚。说到这儿，我就感觉到，谢松良写小小说就像是在玩皮影戏，他手里捏了几根线，认为哪个人物该活动了，就抖动那根线。

　　也是因了这个缘由，在每一篇1500字左右的小小说篇幅中，谢松良笔下的人物极少是出场三个以下的，多为三个以上。有兴趣的读者，可以去这本小小说集里查一下答案。说这种做法是一种聪明，就是说按这类人物结构去写，思路会很开阔，行文之时可以做到天马行空，左右逢源。试想，这些人物，随便在他们身上着上一些笔墨，小小说的篇幅也就够了。

　　自然，遍洒笔墨，让这些人物清晰起来是很困难的。就如在舞台上演皮影戏，虽说看着好玩，但总觉得少了点什么。少了点什么呢？我也玩一点玄机，让大家猜猜看了。

　　我还想，玩皮影戏，对于谢松良和他的小小说，应当是一个过程。先当艺人，再做大师。任何一门艺术，都无法跳出这个规律。只有尝试过了，酸甜苦辣各种滋味才能分辨清楚，哪些能吃哪些不能吃，才能做到心中有数。

　　（张晓林，《大观》杂志社社长、总编辑。中国作家协会会员，河南省作协理事，开封市作家协会副主席。）

一种陌生的美已经诞生

詹船海

在我看来，谢松良是具有理想主义倾向的作家，所以在他一个个微型的篇幅内，大都笼罩着一种伤感的情感基调。

谢松良的作品"大旨谈情"，因是从理想的那一端反照过来，故出现在他笔下的世象、情态和人物，多凸显缺陷，而乐道受伤，有苏曼殊"断鸿零鸥"之遗绪，他又很害怕读者意会不到他所要隆重推出的"理想美人"，就不惜用强光，极尽传奇之能事，使文本的呈现，时而很像现代版"聊斋"了。有时，他是正面直写这种理想的，理想中的爱，爱她（他）或者爱这个国家，也用了匪夷所思的情节表现出来，这就又使作品接续上了我们所熟悉的"圣洁浪漫主义"的传统。

这个集子中，给我留下更深印象的作品有：《没有琴弦的吉他》《真相》《熟悉的陌生人》《鱼瘾》《春儿》《小雨》《痴爱》《城市情事》《不变的选择》《到世界尽头忘记你》《"缘"来如此》《独身的日子很美》，等等。

上述篇什中，《没有琴弦的吉他》是军旅题材，表达一种对祖国的大爱，和因爱而坚守的品格，是正面直写理想的佳作，其"无弦"的形象思维，是对传统典故的一种推陈出新。《真相》则是警营题材，讲述两名小警察为被杀的卖淫女掩盖其卖淫真相的故事，从一种边缘的角度呈现警察"最美"的一面，同时又有对社会问题的揭示，是一种复调叙事。《城市情事》为人性留一个温暖的窗口，《鱼瘾》则是对欲望的批判，不动声色，而有着鱼钩一般的尖锐。

从《春儿》以下诸篇，则都是"谈情"的。《春儿》中的男主人公，因为爱而有了特异功能，能预见到春儿的罹难，这是超现实主义的用笔，也是我所说的"聊斋"的风格。这样出奇的想象，值得鼓励，并值得更大更深的期待。《"缘"来如此》中的情节不太"志异"，却更加具有传奇性，女孩"众里寻他千百度"，最后将爱归属了一个一字不识的文盲男，而该文盲男表达爱情的方式却是看书。我本来打算不信的，但联想到慧能和尚也是一字不识，却创作出《坛经》来，并创下"教外别传，不立文字"的禅宗，于是就原谅了谢松良的"文盲构思"，并认为他是再次无意识地从经典中找到了一种叙事的灵感和模式。从经典中产生新的经典，从《圣经》产生西方文学，本来就是一种文化现象嘛。

距离产生了美也分割了美，相爱的人是需要厮守的，而曾经相爱的人，却又不得不保持一种"熟悉的陌生人"的距离，这是谢松良在《熟悉的陌生人》中用叹息的声腔对我们讲出的爱的悖论。我们常说深刻，何谓深刻？这就是深刻。《到世界的尽头忘记你》也写得很有意思。为了验证一份感情是否还在，"我"居然要跑到南极去打长途。细思这情节，甚至令人拍案叫绝。就是要用极端的手法，就是要到异常的极境，才能从这纷扰而庸常的、太"贴近"的现实中审视出真相来。题旨起于爱，而超越了爱，进入哲理层境。有人说微型小说因为篇幅短小，不宜过多写景，而此篇几乎大半写景，写南极异景，以景成篇，却也取得了成功。可见文无定法，创新能打通一切墙壁。

《独身的日子很美》是这样开头的："告别故乡，背着简单的行囊，我从湖南一个小镇来到这座陌生的沿海城市，开始了独身生活。"打工或者外出漂泊，不就是为了逃离熟悉的乡土社会而进入陌生人的社会，从而实现对自我的重新定义吗？

爱尔兰大诗人叶芝说："世界变了，一种可怕的美已经诞生。"套用这句话，我说："世界变了，一种陌生的美已经诞生。"看看谢松良这本集子中林林总总的情与爱的故事，一定能收获一份"陌生的美"。

（詹船海，《南方工报》新闻中心全媒体记者部主任，著有《诗经里的意思》等。）

目录

飞翔的白鸽

  工程做到一半，老板跑了路，大大小小的包工头失联，一些拿不到工资，又找不到更好出路的建筑工人便成了烂尾楼的主人。工地不通电，要是月色皎白的晚上，吴老汉就会提着他的鸽子来到工地南面的草坪上，将鸽笼打开，自己就坐在一根残缺的水泥桩上，心里默数着从一幢幢烂尾楼里渗透出来的像星星一样微弱的光。

  那群关了很久的鸽子，从笼子里钻出来后特别欢快，它们徜徉在绿油油的草坪上。吴老汉想完心思，点上一支烟抽上两口，出神地看着鸽子。一根烟抽完，便轻轻打声口哨，鸽群就迅速集中到他周围，他从口袋里抓出一把玉米粒均匀地撒过去。看着鸽子在地上抢食，他感到一阵满足。

  十九岁的我跟吴老汉他们一样，以工地为根据地，在小镇周边打打零工，或者在河边码头卖苦力，那装满沙石、煤炭、红砖的木船等着我们一伙人去把货物挑上岸来。

  撒完口袋里的玉米粒，吴老汉回头看了看我，说："小子，走了哦！"接着是一声短粗的口哨，鸽群听到命令后张开翅膀在草地上跑动几步呼啦啦飞上天空。

  吴老汉把空鸽笼丢给跟在他身后的我，自己哼着小曲慢悠悠地往家里走。

  我、吴老汉，以及原先给工人做饭的肥姨关系较好，我们住在东面一幢烂尾楼的三层。肥姨在靠近码头的大排档做洗碗工，她有时会将客人吃剩下的饭菜打包回来给我们改善伙食。

肥姨房间没有透出蜡烛的光亮，吴老汉习惯性地喊："四川婆，睡了吗？"无人应声。

"这么晚了，四川婆去哪儿了，你知道吗？"吴老汉问我。

我没好气地回他，"这会儿知道关心人家了，肥姨几次提出搬过去跟你一块儿搭伙过日子，你总拒绝人家，我都看见肥姨为此事伤心地哭过几回了。"

"早点儿睡吧！"吴老汉岔开话题。望着他的背影，我心想："你吴老汉和肥姨都是苦命的人，俩人一起生活不更好吗？"

吴老汉摸进房门，点燃蜡烛，早飞回来的几只鸽子围过来，它们刚才没吃饱，伸直脑袋，拿眼睛盯住吴老汉要吃的。两个月前开始，吴老汉给鸽子投喂的玉米粒渐渐少了，它们常处于半饥饿状态。每到这时候，吴老汉便轻叹一声，打开装玉米粒的木桶，鸽子的目光就转向那只木桶，怕它们失望，他迟迟不敢把手亮出来。

吴老汉越来越老了，瘦骨嶙峋的，我们几个工友可怜他，有活干的时候尽量带上他，让他帮忙打打下手。如今活儿苦工价低，我们自己都挣不到什么钱，分给吴老汉的自然不多，他自己要生活还要养一群鸽子，负担很重的。

半夜三更的，鸽群在咕咕悲凄地叫着，又把我从睡梦中吵醒了。我听见隔壁的肥姨和一个陌生男人在说话："这个吴老头，自己都养不活了还养鸽子，让鸽子跟着遭罪，缺不缺德。"

"肥婆，你跟我走吧，离开这个穷地方。"

"可我舍不得这个儿。"

"是舍不得吴老头吧？"

"懒得理你,你带来的玉米粒呢?"

接着,传来开门的声音,然后听见了鸽群欢快吃食的声音。夜又恢复了寂静。

第二天,我们在河边的沙船上等吴老汉来装筐,他却在做着另一件事。他把鸽群带到草坪上,和它们说了很多话,语重心长千叮万嘱。他孤身一人,养了一辈子的鸽子,鸽子就好像他的亲人一样。可如今他无力养活它们了,只好劝它们自谋生路。最后,他亲吻了每一只鸽子,吹出一声悲凄悠长的哨声,鸽群应声飞上了天空,远去了。

傍晚,我收工吃完饭回来,在空空的鸽房找到了吴老汉,他蹲在地上,对着屋里的鸽笼喃喃自语。我把打包的盒饭丢给他,他不吃,说是留给鸽子。

鸽子走了,烂尾楼一下子就显得格外空荡,随那股熟悉的鸽粪和禽鸟身上特有的腥味儿慢慢淡去的还有肥姨,她嫁给了小镇的一名退休医生。

半年后,我们正在船上干活儿,一群鸽子由远及近飞过来,落在我们周围,围住吴老汉咕咕叫着。

吴老汉边哭边赶它们,其中一只鸽子还被他踢伤了,那只鲜血染红翅膀的鸽子飞走时的姿态,就像一团燃烧的火苗……

纯洁的十八岁

含苞待放的花儿是最美丽动人的，我就像这样的花儿。那时，我在衡阳市的一所技校读书，是个腼腆羞怯，只会在日记本里构思爱情的小男孩。

一个下午，我路过校园的人工湖时，见到两个女生正坐在柳树旁下跳棋，面对着我的那位一根长辫子绕过脖颈柔柔地斜垂在肩头，在她身旁，紫罗兰正散发着幽香，一切都那么宁馨而美好。这幅剪影令一个怀春的少年怦然心动，盯着她一个劲儿地看，而她像是突然感觉到我的存在，目光直射过来，我吓了一大跳，慌忙转身欲逃，不料脚底却被草根绊了一下，差点儿就摔倒了。

身后传来两个女孩爽朗的大笑声，我感觉如芒刺背，不敢回头，我的脸一定像当时天边的火烧云。

隔着好几栋教学楼，我很少有机会跟她接触，即使有我也不敢，我是顶着水稻花到城里来的乡下孩子，朴素平凡得像一棵小草，自卑得很，我只能偷偷望着她的背影浮想，然后将满怀的思绪写成一首首精美的散文诗填进日记里。

第二年，我因为写得一手漂亮的粉笔字，被学生会抽去办板报。我工作的时候，她时不时不经意地出现，没话找话，向我打听一些乡下的风土人情，有时她会绕着圈子逗我说些艰涩难懂的方言，把我弄得脑门子冒汗，她却在一旁偷笑。

有一次,她说,"你教我写字吧!"我顺手写出了她和我的名字,她捏着粉笔,学着我的样子写,不一会儿,整块黑板密密麻麻全是我们的名字。

那年圣诞节,她送我一张贺卡,那上面写着:爱脸红的小男孩,害羞的小男孩,淳朴可爱的小男孩! 正是这张贺卡给我了勇气与力量,我花了一整晚的时间写了一封信,欲向她表明情怀。

我握着信在寒风中等她,可当她从教室下来的时候,身边却跟了一个英俊男生,他们有说有笑甚是亲密。那一刻,我忽然意识到我们之间的巨大差距:她那么优秀,那么漂亮,而我算什么呢?

从此,我便有意躲避疏远她,将精力集中到学习上,想做出些成绩来证明给她看。然而,经过一番努力后,平庸的我依然毫无起色。

远远望着她的身影一次次穿过校园小径……我的心都会很疼。暗恋一个人究竟有多苦? 我相信,十八岁那年,我已经将这种苦领略到了极致。

转眼已临近毕业,我不想回到老家偏僻县城小农村去,正苦恼的时候,她主动给我送来 300 块钱,她说,"要不,你去南方打工吧! 我表哥也在那里,听说那边的机会很多的。"我不肯要她的钱,她说算我借的,将来要加倍偿还。我还能说什么呢! 心里早已生出感激之情。

我要走的那天,她来送我,她站在汽车站候车室,透过窗户望着远方,突然问:"你知道今天是什么日期吗?"

我回答:"7 月 16 日。"

"现在的时间?"

"11 点 36 分。"

"那好,你闭上眼,我要让你永远记住这个时刻!"

我闭上眼,她吻了我。

凭着在技校学的技术,我进入一家电子公司当机修工。这期间,我和她经常电话联系,她说毕业后,也要来南方。

车间里有个叫明明的女孩,很不错的,那天晚上她约我去散步,在东江边的一棵龙眼树下,她紧紧地抱着我,下巴抵在我胸前,两眼望着我声音低低地说:"吻我吧,亲爱的。"我忽然又想起了7月16日的那个上午,她说得没错,我永远都不会忘记那一刻的。我轻轻推开明明,说声对不起,转身离开了。

可到最终,我没有把她盼来,却得到了一个不幸的消息:她走了,去了天堂,和我永不相见。

那时离毕业还差几天,她扯上同伴去学校附近的西子湖游泳。到了湖心,她同伴不知是腿抽筋还是被湖草缠住,发生了溺水,她去救同伴,可由于经验不足,被出于求生本能的同伴死死拖住不放,两个女孩就一同沉入了湖底……

我租了辆出租车,日夜兼程赶回去。到了西子湖边,我脱去外衣,搭在一块写着"禁止游泳"的木牌上,然后一头扑进深深的湖水里。

我发疯似的在湖底寻找她的身影,呼唤她的名字。或许,十八岁的她在绿水碧波之间,已经化作一朵睡莲开在莲叶丛生的湖面上,只是我不知道哪一朵会是她。

恋曲 2016

小刽、小布、琳琳,有着特别亲近的关系,他们三个从小玩到大,而且从小学、初中直到高中都是同学。琳琳性格开朗活泼好动,有姣好的面容和高挑的身材,走到哪里都是吸人眼球的主。

从青春萌动时期开始,小刽和小布经常悄悄地谈论琳琳,都流露出对她的喜欢之情,后来两人友好商定,由女主角自己决定喜欢的人。

因为这个约定,小布和琳琳交往就有些顾虑了,他的原则是不主动、不拒绝。

有一次,高中时期的班主任王老师请他们仨吃饭叙旧,见他们几个老大不小了没谈对象处朋友,故意挑开了说:"你们毕业都参加工作了,难道你们的三角恋还没撇清吗? 琳琳,你跟老师说清楚,是喜欢小刽还是小布,老师帮你做主了。"

琳琳翻了翻手机,迟疑了一番,说:"当然是小刽了,我一直把小布当哥哥。"

琳琳的话让小刽和小布的心里起了冰与火的反差,小布黑着脸默默起身,抢着买完单一言不发地走了。小刽则兴奋得满脸绯红,不顾王老师就在旁边,抓起琳琳的手紧紧地握着。

小刽和琳琳陷入热恋之中,小镇的街道、广场、电影院、小河边、公园,遍布了他们爱情的脚印,他们成了街坊邻居、单位同事眼中郎才女貌的典范。

也许因为失恋的缘故,小布忽然辞去了工作,悄悄地到南方打工去了。

两年后的一个周末,琳琳正在一家培训机构兼职给初三学生补习英语,有个电话不适时宜地打过来,她挂了,对方还打,她不得不走出课室接听。

"喂,你谁啊,我正忙着呢!"琳琳不耐烦。

"我是小布,连我的声音都没听出来,真让人伤心。"真是士别三日当刮目相看,电话那头的小布已经变得油嘴滑舌的了。

琳琳乐坏了,分别那么久,她心里其实也很记挂小布的。他俩热乎地聊了很久,说了许多话,那些正上着课的同学也被琳琳晾在了一边。

小布说他这两年在外面努力打拼,现在开了工厂,生意红火,挣了不少钱,在南方城市有房有车了,已是一位成功人士。琳琳则一个劲地埋怨小刟如何对她不好,在单位拿着丁点的工资却不思进取,至今连婚房也买不起。

"哎",小布叹了口气继续说,"谁叫你选择性错误呢?你当初为什么就不给我机会?"

琳琳追问他,"你既然喜欢我,那为什么不早说,我们爬山、散步,还有寒暑假,那么多时间在一起,你为什么不和我说。我怎么没给你机会?"

小布想了想,问琳琳:"那小刟向你表达过他爱你了吗?"

琳琳说,小刟没有明说,只是王老师问她喜欢谁的那次,他立马就发了条手机短信她,内容是:选我,我一直深爱着你。

"他没有骗你,他的确很爱很爱你……"小布语无伦次。

"你这是怎么了,没病吧?"琳琳被小布弄得一头雾水。

那天,琳琳回到家,没好脾气地跟小刟说:"小布联系我了,

他在南方当老板发财了,不知比你这个没出息的东西强多少倍,我是瞎了眼,才上了你的贼船。"

"啪",一个清脆的耳光落在琳琳的脸上,小剀第一次动手打了她,冲她凶:"小布有钱了,你跟他去过啊！"

"好,我走,你以后不要后悔。"琳琳冲进卧室,收拾了一些换洗的衣服,揣上银行卡,一摇三晃地走出家门。

到了车站,琳琳打了个电话给小布,然后买了一张通往南方的火车票。

2016年春季,琳琳刚从商场买了一个玉手镯回来,就从小布嘴里获知了个不幸的消息:小剀胃癌晚期,危在旦夕。

一日夫妻百日恩,琳琳哭着奔向长途汽车站,连夜往家赶。半夜时分,戴在她手上的玉手镯无缘无故地碎裂了,这不是个好兆头,果不其然,等她赶到医院时,小剀早已闭上了眼睛。

老本行

他是个连摊位都租不起的小菜贩,每天凌晨两三点,风雨无阻地驾驶一辆破旧三轮摩托车去到十几公里远的城郊偏僻菜地,和菜农一起下地收割、采摘蔬菜和瓜果。

他亲手收割采摘的蔬菜瓜果当然是地里长势最好的,他也不像市场里的菜贩使用八两秤,靠缺斤少两牟利。时间一长,顾客们品出了他的厚道与诚实,回头客越来越多。

他的生意好了,菜市场里面正规军的生意自然差了不少,因此引起公愤。那天清早,他从菜地赶回天桥下,正准备把菜卸下来开工,从菜市场里冲出几个抄着扁担、水果刀的人将他团团围住……

见他要吃大亏,几个前来买菜的阿姨与同在天桥底下摆地摊的走鬼急中生智,一起大叫:"城管来了!城管来了!"呼啦一下,那些闹事的正规摊主全跑进市场里,剩下他狼狈地躺在地上,委屈的泪水和从伤口冒出的鲜血交融在一起。

很长一段时间,他没去摆菜摊,不是不想摆,是摆不了,他的手被打断了。在医院住了十几天出来,他吊着打了绷带的手臂,到天桥底下以前卖菜的地方转悠,似乎只有在那里,他才能感到踏实一点,才能看到希望。

天桥底下除了卖菜的、卖杂货的、卖玉米茶叶蛋的,还有乞丐、流浪歌手和失意画家……这是一个奇怪的地方,他和他们都熟,随意地打招呼,没有高低贵贱。

他在一个杂货摊前停下，没话找话和摊主聊天，他喜欢听她说话，她的声音像百灵鸟一样动听。她嘴唇冻得发紫，但每当有人从旁边经过，眼睛立即亮如繁星。

"看你的衣服都脏成什么样了？待会你把衣服拿过来，我明天找空帮你洗洗。"她说。

他愣了愣，傻傻地一句："我没钱。"

"谁要你的臭钱，本小姐是看你手抬不起来。"她白了他一眼，嗔怪地说。

晚上，他估摸她收了摊的时候，赶紧把衣服送了过去。她当时在冲凉，不方便开门，他把衣服放在窗台上就掉头走了。

第二天晚上，他去取衣服，她不在，给他留了门。她把洗好的衣服烫得平平整整的，放置在书桌上。他在她简陋的家中发现很多关于自闭症的书和一台旧电脑。

他打开电脑，屏幕上跳出一张照片，只见她依偎在一个帅气男孩的怀里，一脸幸福。他忽然觉得自己的心像被针扎了一下，本想上一会儿网的他懊恼地关掉电脑，拿起衣服失落地走出了她家的门。

过了段时间，恰好表弟鼓动他一起到福建倒卖海鲜。他想她反正有心上人了，自己留在这里没多大意义，于是就把所有积蓄全部取出，加上表弟的钱，总算凑足一车海鲜的本金。坐在满载海鲜的箱式大货车上，一想到把海鲜卖了，就可以赚上几万块，他激动得心里有些飘飘然。

经过几个小时颠簸到达目的地时，他懵了，由于水温问题，大部分海鲜已经死亡，就算还没死的，也已经处在死亡的边缘。

他的心情从云端跌入地狱，栽了这么大个跟头，他想自己怕是再也爬不起来了。

他垂头丧气地又回到原来居住的地方。不过,他已经提不起劲摆地摊了,每天睡到十二点才起床,然后胡乱吃点东西又接着睡。

她来看他时说:"总不能老是这样下去? 要不,先进工厂找份事做再说吧,起码先解决吃饭问题。"

他淡淡地答道:"确实不失为一个好办法,可是进厂能赚几个钱呢?"

"不会一次风浪就把你打倒吧?"她采用激将法。

"我只是还没想好该做什么。"他嘴上不承认,心里却暗暗地吃惊:难道自己真就这样被打倒了吗? 不,不可以!

她家突然打来电话让她回去了。

再见她,他有种失而复得的感觉。他想伸出手臂给她一个热烈的拥抱,可是他只能安静地站着,他们还没熟到那个程度。

他终于忍不住了,问她电脑屏幕上的那个男的是谁?

"他是我哥,犯了自闭症,25岁的人只有5岁的智商。"她哽咽着说,"我一直都想多赚点钱给他治病,可那不是钱能解决的问题。前些日子,我爸妈带他去外婆家,路过河边的时候,他不慎掉下去……被河水冲走了。"

她第一次对外人说起家事,也是第一次在一个外人面前哭泣。

他鼓足勇气上前把她拥在怀里,她在他怀里哭着哭着睡着了。他偷偷吻她,发誓要让她过上好日子。

晚上,他做了个梦:他有了一家不大的小店,店里时时飘出面包的香味,许多许多如他们一般青春的男女前来光顾。再后来,他们的面包店开成连锁面包房,他们有了房子车子,不再像浮萍一样在城里飘零……

第二天清晨,他向她借了一千块钱,在没想到做什么之前,他决定还是干老本行:摆地摊卖菜。

没有琴弦的吉他

从野子岭哨所走下来，我的心却一刻也不能平静，接替我的是一个满脸稚气的小战士，他能经受得住孤寂和困苦的考验吗？我替他担忧。

哨所那台老掉牙的、身骨架仍然结实的仪器和这把没有琴弦的灰色吉他伴我度过了六个春秋。本来，我早就应该下山"享清福"的，也许是因为吉他的缘故，我仍然固执地守候在那里。

这把吉他，是班长馈赠的。

那年初冬，在掌声的欢送下，胸挂大红花的我神气地踏上了去野子岭哨所的路途。野子岭——正如它的名字一样荒凉，方圆几十里渺无人迹，除了山梁还是山沟，西北风一天到晚呼呼地刮个没完没了。生活在这里无疑与世隔绝，定期送粮食和生活用品上山的战友是唯一获得外界信息的途径。工作也平淡无奇，整天守候在仪器旁，记录测得的数据。随着时间的推移，初来时的新鲜感没了，接下来的是度日如年的寂寞。

带我的是一个叫李木生的老志愿兵，我是接替他的。因为他放心不下，所以执意要留下来陪我先适应一段时间。他很有山里头的生活经验，教我怎样做饭、储存蔬菜，怎样消除孤独和寂寞……他说，只有生活好、身体好、心情好，才能工作好。可这样的环境，这样的条件，心情能好得起来吗？我满面愁容。他一本正经，我却似懂非懂。

那个夜晚，我瞧见他拿出一把没有琴弦的灰色吉他，手指动情地来回拨动着，像是弹奏曲子的样子。我呆呆地看着他奇怪的举动。他看出我心思似的向我谈起了吉他的来历。原来，吉他是他妻子的定情物，妻子知道他身处深山，所以送给他一把吉他，以便他寂寞时弹一弹，驱走心灵的孤独，更好地坚守岗位。后来，琴弦弹断了，一直没有机会换上。班长朝我笑笑，又说，可我还是时常弹起心爱的吉他。

我忽然明白了，班长是用心在弹吉他。虽然听不到声音，但用心弹奏的音乐一定是世界上最美妙的。那一瞬，我感觉到了一个普通军人的悲壮与伟大：为了祖国的安宁，宁愿忍受孤寂、宁愿与困苦相厮守。

天有不测风云。班长下山前的一个下午，铁塔上的发射器出现了故障，为了保证设备的正常运行，他爬上几十米高的铁塔进行检修。忽然，一阵狂风刮来，他像被扔出的大沙包，重重摔在地上，再也不能动了……

老班长永远地走了，却给我留下了一把没有琴弦的灰色吉他。于是，那个阴灰的黄昏，我无师自通，第一次弹起了没有琴弦的吉他，哨所外的西北风一如我的琴声，如泣如诉。后来，正是那把不起眼的吉他，给了我战胜困难，赶走寂寞和孤独的无穷无尽的力量。

我决定把这把没有弦的吉他连同班长的故事都交给接替我的新战友，愿他能弹出我们的心声。

九 爷

日本兵打到乌县的时候，那些平日里耀武扬威的民团官兵却在城外朝天放了几枪，趁着夜色逃跑了，不知去向。乌县的县长放下身段，连夜赶到黄毛岭跟九爷讲和，承诺只要赶跑日本兵，就升九爷为民团团长，他的队伍也由黑变白。

九爷心知肚明，根本不相信打跑了日本兵，县长会给他什么好处，也不稀罕当什么官。他犹豫不决的时候，夫人茶花儿鼓励九爷，说这个时候出兵，就是抗日，是英雄，以后谁也不能小瞧了他。

九爷当即派出十几个兄弟，下山潜入日本兵驻扎地放了几枪就撤出，把日本兵引入黄毛岭。九爷长期盘踞在黄毛岭，为抵御外侵，在山里山外修筑了不少战斗工事，再加上山势险要，易守难攻，在黄毛岭和日本鬼子干上一仗，九爷似乎胜券在握。

可日本兵武器装备精良，又不怕死，九爷显然是低估了他们的能力。转眼，战斗已经进行了两天，身边的兄弟一个个倒下了，原先一百多号人，现在只剩下不到三十人，整个阵地显得惨烈而血腥。日本兵还在一次又一次地冲锋，用炮火翻犁黄毛岭，不给他们有任何喘息的机会。

幸亏茶花儿事先看出黄毛岭的另一侧地势过低，不利于防守，把阵地向后推移了几百米，且布置了两道暗防线，否则他们早被炮火溅起的泥土掩埋在了荒郊野岭了。

　　九爷和几个兄弟占据着第二道防线的制高点，始终用火力把日本兵压制在两三百米的范围之外，与日本兵处于水火不容的对峙状态，以血肉之躯接受着钢铁洪流的残酷考验。

　　不知何时，天空突降大雪，整个黄毛岭快要凝结了似的，冻得人直跳，不跳人就冻僵了，而且只能蛙跳，头不能高过战壕，否则就会招来日本兵的子弹。跳累了就蹲会儿，但蹲下去九爷就狠狠地掐兄弟们身上的肉，掐得他们火辣辣地疼，也只有这样，才使他们不至于打瞌睡，一旦睡过去就意味着永远起不来了。

　　又打退日本兵无数次的进攻后，看着密密麻麻倒下的那片敌人和身边不能动弹的兄弟，九爷托着机枪的双手有些发软了。

　　好在这时，剩余的日本兵悄无声息地撤了……九爷端起机枪，就要率领兄弟们追下山，却被茶花儿拦住了，她说穷寇莫追。

　　事实证明，茶花儿说得对，日本兵逃下山是个巨大阴谋，因为他们的援兵早已在山脚下布了口袋阵，若是九爷他们真追下去，无疑等于自杀。九爷没有上当，日本兵也无心恋战，带着沮丧、无奈和失落往临近的江口县撤去。

　　当日本兵出现在江口县城外时，该县的民团官兵不抵抗就投降了，打开城门列队欢迎，日本兵轻而易举就进了城。

　　很快，江口县政府被日本兵包围。县长化了妆逃出去，辗转也找到九爷，说明来意，许诺自然不少，九爷不为所动，面露难色欲当场回绝，茶花儿却站出来说："我们出兵。"

　　九爷把茶花儿拉到一边，说："你疯了，我们现在总共才十多号人，难道还要去给日本兵送命？"

　　茶花儿说："这叫明修栈道暗度陈仓，听说我们刚把日本兵赶走，乌县民团的官兵又回来了，说不准会趁我们势单力薄时除掉我们呢？此时不走，要待何时。"

九爷嘴上不说，心里却想："在这个兵荒马乱的年头，你叫我离开黄毛岭，不做土匪了，能干什么呢？"可他待了片刻，还是纠集队伍出发了。因为，他还没到穷途末路的时候。

下了山，九爷试探性地问茶花儿："夫人，我们真要去和日本兵再打上一仗？难道就没有别的路可走了？"茶花儿定定地看着九爷笑成一朵芙蓉花，看得九爷心里发毛。

茶花儿并不是九爷明媒正娶的夫人，几年前有顶迎亲的轿子从黄毛岭经过，九爷听到茶花儿在轿子里哭泣，知道这姑娘心里委屈，就带人把轿子劫了，把她变成名义上的压寨夫人。这些年，九爷先后抢了不少被逼婚的苦命女子回来，奇怪的是她们后来都莫名其妙地失踪了，去向却成谜了，只有茶花儿心知肚明。

许久，茶花儿回九爷："夫君，就去你秘密经营的那家棉纺厂吧，咱们一起给红军生产棉被和衣服去。"

救了我生命的女孩

和菲分手三年来，我给她写了一叠足有一尺高的，而无法寄走的书信。尽管茫茫人海里如今再也听不到有关她的一点音信，但我常常会想起她，牵挂她。

那一年，我独自一人去了一个很遥远的城市。涉世未深的我奔走在异乡的街头，风餐露宿，怎么也找不到工作。躺在公园一角已经两天没有进食的我鼓足力气走向街中心去向人乞讨，一个个行人，不屑一顾地离我远去，谁也没有大发慈悲。

我还年轻，不想让生命因此终止，抱着最后一丝希望，向一个打扮入时的妙龄女郎走去，"小姐，我饿极了，你能帮我吗?"我结结巴巴地小声说。平日见到陌生的，尤其是漂亮女孩脸红得连话都不敢说的我，这次豁了出去，女孩看了看我，并没有表示出意外，或许，大街上像我这种人实在太多了，她淡漠地说:"你这么年轻，人家以为你是江湖骗子，怎么会施舍你。"原来如此，我心里释然。"你今天遇上了我，算你幸运，因为见到你，我想起了以前的我。"女孩的话，像给我注入了兴奋剂，心里暗暗庆幸。后来才知道，给我第二次生命的女孩叫菲菲。

菲菲毫无顾忌地挽着因饥饿浑身乏力的我一步步地走进附近一家饭馆，她点了我生平所见最有排场的饭菜，我不客气地狼吞虎咽起来。饭馆里霓虹灯晃动，不时传来狂歌欢舞的火爆声音，我却在发愁，不知晚上睡哪里，明天会不会饿肚子。菲菲看着我很快地把桌上的饭菜一扫而光，好像看透了我的心思似的，幽幽地说："别为以后的生活发愁，跟我一起过吧。"我说那怎么好意思，她说："同是天涯沦落人，有什么不好意思的，我没有弟弟，以后就当你是吧。"

人生地不熟，身无分文的情况下，美事突然来临，有了个长得漂亮的姐姐，而且吃住不愁，无疑是件值得高兴的事情。

后来，我一直这样认为，要不是这位好心的姐姐相助，说不准我早就从这个世界消失了。菲菲把我领进装饰豪华的住所里，她什么都不用我干，还给我买了许多时髦的新衣服，供我白吃白穿。她到底干什么工作，这么有钱，好像一个猜不透的谜，让人费解。

那是一个下午，她打电话回来告诉我说，晚上加班，不回家了。我说："姐，你帮我找一份差事，以后我挣钱给你，你不用这么辛苦了。"她说："在外边，女人养男人的很多，你不见我的几个姐妹，都有不用干活的男人。""那你把我当成小白脸了，我不是那种人。"没等说完，我愤怒地挂断电话。

有血有肉的男人当小白脸，我才不呢？清点好属于自己的东西，正准备离开，门忽然开了，只见披头散发，嘴角边淌着丝丝血迹的菲菲跟跟跄跄地闯了进来，她的眼睛里流露出一种无言的哀怨。"你怎么了？"我大惊失色地扑了过去，紧紧地抱住显得很虚弱的她。原来，她陪了一位大款喝酒，大款有意无意地朝她身上蹭，乱摸、乱抓，并越来越放肆，竟欲行非礼，她极力反抗，幸亏保安出面，才免遭灾难，她全身也多处受了伤。

她流着泪告诉我，自己不是一个好女孩，以前由于找不到工作，就曾委身一个五十多岁，足可以作她父亲的男人。她不甘心做一辈子情妇，偷偷地离开了他。她原本可以回老家，洗心革面重新做人，但她不甘心，她发誓，不管采取什么手段一定要挣一大笔钱，来报答辛辛苦苦送她念书，对她充满期待的父母。菲菲虽然生长在农村，却长得白嫩、秀气，年轻、漂亮是女人的资本，菲菲利用姿色，当了靠收取小费度日子的"坐台小姐"，但她坚持卖艺不卖身。菲菲说，尽管接触的男人很多，但没有一个对她真心，她活得很空虚，希望我不要离开她，她对我一直是真心的。

我决定留下来照顾菲菲。由于菲菲受了伤，不便继续工作，我们断了经济收入，不得不廉价处理了所有值钱的电器、家具，搬出原来租住的楼房，住进了小巷里的一间窄小的铁皮屋。日子一天比一天艰难起来，为了摆脱困境，我在附近的建筑工地找了一份苦差事，每天早出晚归，累得直不起腰来，每次回家，菲菲总是很疼爱我，说待自己身体恢复后，就不会让我吃苦了。我说没什么，咱们是患难的姐弟。

一天中午，远房的表哥在建筑工地上找到我，他被公司从老家派到这里搞房地产开发，俗话说："打虎还要亲兄弟。"外面人复杂，他想请我帮助，那样他也放心些。我没有答应，把自己和菲菲的情况跟他说了，原以为他会很感动，哪知他却说了许多坏话，他说这种女人比比皆是，根本不值得这么痴情。

我没话说了，在菲菲最需要帮助的时候，离开了她。

数年以后，在社会上摸爬滚打的我才明白，当初自己做了一件多么愚蠢的事情，拥有一份真挚感情，是多么值得珍惜，但可恨的是自己当初没有主见。

信　念

　　我清楚地记得，城郊几间厂房失火，我和战友们出警去灭火，后来发生了爆炸，强大的气流冲击下，我什么都不知道了……

　　醒过来的时候，我感觉到一个毛茸茸的小东西在嘴唇边爬行，一抿嘴，小东西就吓得溜走了。

　　灾难中我能幸存下来，是因为爆炸时我被气流推倒在墙脚下，楼房倒塌时，坚硬的墙体和崩塌的楼面形成一个狭小的"救命三角"，为我挡住了其他重物的冲击，让我有机会体验"活死人"是怎么回事。

　　我的内心复杂而沉重，不知道还能否从这里活着出去，不由地想到了未婚妻佟佟，我们是在消防支队与地方联谊时相识的，她是一名教师，外表靓丽气质娴雅，以她的自身条件，找一个比我优秀的男人不在话下，可她不顾家人的反对，最后选择和我在一起。

　　佟佟，对不住了，以前我出警回来，你紧紧地抱着我不肯松手，说很担心我的安危，每次我都是那么漫不经心，还笑你小孩子气。现在危险真的来了，可我又能怎么办？

　　不久，我听到一阵隆隆的雷鸣声，废墟的零碎粉尘在暴雨的冲刷下纷纷遁形。我的眼睛、脸上、耳朵里的粉尘被冲刷干净了，就连挤压我的碎石烂砖也冲走了不少。我躺在湿漉漉的废墟里，和暴雨前干渴难耐以及浑身不能动弹相比,情况要好得多,但我仍不敢有太多的奢望。

一阵微风吹来,一股难闻的腐臭味让我感到恶心,甚至有想吐的冲动,可惜我已经没有力气让胃抽搐了,只能干咳几声算是抗议。

我陷入昏迷。迷迷糊糊中,我被引领到童年的时光里。

幼小的我喜欢跟着爷爷去山林里采摘蘑菇。深山老林里,每当看到锈迹斑斑的头盔或者腐烂的枪架子,爷爷就把采摘蘑菇的事忘记了,转而专心地收拾那些烂铜破铁。有时,我们还会遇到风化了的人体尸骨,爷爷就会停下来,对着尸骸先立正后敬礼,然后把散落的骨骸收集起来挖坑深埋,并做好标记。当时我还小,胆小得不敢多看,只一味地怪爷爷多事。我长大后,才知道爷爷是名抗日老战士。

后来,我考上了消防指挥学院,在完成学业之后,服从组织安排成为一名消防战士。我爹妈都认为消防工作危险,一致反对我的选择,只有当过兵杀过日本鬼子的爷爷支持和鼓励我,使我树立了克服困难和挫折的信心,脚踏实地一步步走过来。

随着光线渐渐变暗,又一个黑夜来临,也是在这时,一阵重型机械挖掘机的轰鸣声从废墟外渐次传来,我有点不敢相信自己的耳朵,我激动起来……

在医院重症监护室待了几个月出来,一个消息让我无比感动,竟然是闻讯赶来的爷爷率先发现了我的藏身处,我能够获救,他功不可没。另一个却是个不愉快的消息,佟佟竟然和别人订婚了,我以为自己会有泪水、哭泣和失落,可那段时间我非常坚强。

表彰大会的前一天,市报记者来采访,她问我在当时那种环境里，活下去的信念是什么，我说是两个人，因为我不能让爷爷和佟佟以后见不到自己。

记者接着问，"佟佟是你女朋友吧！"

"曾经的。"我微笑着回了她。

"她最终还是抛弃了你，是吧！你不恨她？"记者感到有些意外。

"不恨，因为她是我永远的信念。"

鲜花易枯烟花易逝

我在宝丰厂打工那年,早上去上班的时候,工位上经常会有鲜花,送花的人是小东。他是工程部的设计员,人很不错的,但是我不喜欢他。

有一次,小东被我堵在饭堂里,我直截了当地对他说:"谢谢你的那些花儿,但我不喜欢你,以后就不要再打扰我的生活了。"可是,小东还是不断地输送糖衣炮弹,送巧克力、宵夜、化妆品给我。

日子久了,搞得我很烦恼,与他的抗议不断升级,他送来的东西,我不是转手丢给别的姐妹,就是扔进垃圾桶里。

我哥不知道从哪里听说小东缠住我不放的消息,他带了几个人在厂门外拦住了小东,把他给打了。听工友讲,小东伤得不轻,出了好多血,可能是怕连累到我吧,他连警都没报。

这件事在厂里传得沸沸扬扬,我感到内疚,几天后去跟小东道歉,可是他却辞工了。我向工程部的同事要了他的手机号,打过去却已停机。

因为小东这件事,我和我哥狠狠地吵了一架。

半年后,我把一批产品做坏了,被班长训了一顿,心里不好受,晚上也就没去加班。

我独自走出工厂,沿着附近的马路往公园方向走,经过中心湖时,我看到了小东,而站在他身旁的,则是一位活泼可爱的女孩。他们轻轻地与我擦肩而过,好像根本没有留意过我从他们身旁经过。

时间仿佛静止了。原来小东已经有了女朋友,我忽然间觉得很失落,可我说不出为什么,这种感觉怪怪的。我在心里默默地说:"傻瓜,你又不爱他,他又不是你什么人,你伤哪门子的心。"

想到这里,我的心里稍微平静了些。这时,天却下起雨来,我没有带雨具,这样大的雨,无法回工厂去了,我只好在湖边的亭子里躲雨。

当时,亭子里挤了好些躲雨的人,我在里面透不过气来,可雨却一直在下。

不知道过了多久,小东挤到了我身边,往我手里塞了一把雨伞。第一次和他近距离地走在一起,我装出一副满不在乎的样子问:"你那个漂亮的女朋友呢?"

"我把她送走了。我以为可以忘记你,哪知刚才我们擦身而过的瞬间,我心里又产生了强烈的愿望,我爱上你不能自拔了。"小东动情地说。

"那你这大半年躲到哪里去了,怎么见不到你?"我疑惑地问。

小东说:"那次被你哥打了后,我很伤心,就回老家待了段时间。不过,我一点也没有闲着,在老家修了一幢房子。"

然后,小东把我拉到灯光下,掏出手机,打开图库给我看:是一幢漂亮的乡村别墅,有四层楼那么高,里面装饰得很别致,是我喜欢的风格。

"我们的婚房,喜欢不?"

我幸福得说不出话来。

"听说今晚城市广场会在午夜时分燃放烟花,我们一起去看看吧!"不等我答应,小东拦下一辆的士就把我拉上去。

我们上了城市广场附近的商业大厦顶层，透过窗户看到了在广场上燃放的烟花。

　　这晚的烟花是我平生看到的最漂亮的一次，我完全陶醉在那灿烂的光辉里，并许下了永远和小东在一起的愿望。

　　然而，我却不知道，鲜花易枯烟花易逝。

　　正当我请好假，准备跟小东回家结婚的时候，他却跟着她走了，他不敢面对我，只发了个手机短信息，简单地说明了一下情况，就和她匆忙去了国外度假。

　　小东这次从家里出来，没有找到工作，一直住在一家不起眼的旅店，我哥陪我来到旅店，想了解一下情况。

　　老板娘告诉我们，小东离开前的那个晚上，拿了一瓶啤酒坐在吧台前流着泪跟她说了好多的话。

　　老板娘说：听小东讲，那个女孩，他是通过微信认识的。

　　女孩开头可能刻意隐瞒了身份，她来店里找小东玩的时候，就连老板娘也没觉得她有什么了不起，还不跟那些打工妹一个样。

　　后来，可能是因为我的缘故，女孩觉得快要失去小东了，就向他坦白了自己的身份，并带他去参观了他们家的工厂和位于城市中心的别墅。她的父亲也出面了，给了几个令小东心动的许诺，还不是职位、房子、车子这些俗气但却非常实用的东西，小东就变心了。

　　次年，我再去城市广场看烟花，竟然又遇到了小东，他怀里抱着个婴儿落寞地站在人群中，身边却没有那女孩的身影……在我转身背对他的那刻，天的边际，又一朵灿烂的烟花化为灰烬。

友情之花

月亮好圆,大地披上一层银光。北京正义路上一派灯火辉煌,从一家极富情调的小酒吧里送出一首歌曲,歌者略带沙哑的歌声伴随清凉的晚风,反复地吟唱:"生日快乐,祝你生日快乐,有生的日子天天快乐,别在意生日怎么过……"

我孤独地走着,突发奇想一定能遇上好心人,在我22岁生日这个特别日子里,为我献上一束鲜花,唱一支歌,或者陪自己默默地走一段路。原打算热热闹闹地庆祝自己生日的,可是没有想到,当初慷慨应允为我祝贺生日的同事与朋友事到临头却推脱,而且理由充分:偏偏你生不逢时,碰上周末,家里的妻儿老小盼着团聚,辛苦了一周需要放松等无数条。留下来的也是身在曹营心在汉。生日索然无味,罢了,出门走走。

不能怨朋友们无情,他们从未离开过温馨的家园,上有父母呵护,下有妻儿、亲朋的关心,他们的生日从来都是热热闹闹、排排场场、潇潇洒洒的场面。过惯了幸福、理想化生活的他们怎能理解一个异乡游子的心情和处境呢!

不知什么时候,一个亭亭玉立的姑娘挡在我面前,晃动手中精致的花篮说,先生,买枝花么?我生日,买花,自己送给自己么?我迟疑了一下说。

姑娘飞快地选出捧送到我手里:"先生,既然今天是你生日,这花算我送的,祝你生日快乐!"

姑娘走远了。

我愣在那里，亲吻着捧在手里的这束美丽友情之花。我想，上帝对每个人都是公平的，生日总是美好的。

两年以后，我一个人漂泊到一座美丽的南方城市打工。

公司规模不大，也就四五十人，老总是个聪慧的中年女性，常教导我们："你们来自五湖四海，百年修得同船渡，要珍惜在一起的缘分。"

正因为如此，我们厂鲜见员工主动辞职。那天，机修福哥来向我递交辞工申请时，我都大吃了一惊，忙问他怎么回事？他说是老婆有病，需要他回去照顾。由于情况特殊，我不便挽留，只好签字同意。

福哥要回家前，经公司老总同意，由我们人事部发起捐款倡议，短短几个小时，就收到善款八千多元。我和老总捐得最多，我一千，老总两千。

当我们来到福哥的宿舍，把钱交给正在收拾行李的福哥时，他感动得热泪纵横。富有戏剧性的一幕还在后头，听说老总还专门安排司机开车送他去火车站坐车时，福哥莫名其妙地把钱还给了我们，扑通一下跪在了地上，边抽自己的耳光边说不该利欲熏心。

原来，福哥想另谋高就，怕我们不批准他辞工，就找了妻子生病这条理由，可没想到被我们感动了，最后还是没有走成。

从福哥这件事，我受到了启发，管人总离不开一个情字。于是，我向老总申请了一部分经费，员工生日的时候，以公司的名义送上一束鲜花；员工结婚的时候，公司提供一套免费的婚纱照；年尾搞庆典活动，有选择地邀请个别员工家属来公司参观、体验。那些因为工作关系，好几年没有回过家的同事，突然见到自己日夜思念的亲人就在身边，那种惊喜和感动，是无法用言语来形容的。

每每看到这样的场面，我自己也受到感染似的，特别开心特别快乐。这也许应验了"送人玫瑰手留余香"这句话。

一个人静下来的时候，我常常想起以前送我鲜花的那位姑娘。哦，她可知道，事隔多年，那个与她偶然相遇又匆匆擦肩而过的陌生人，仍为她当初的纯真、善良感动。难道她送我的仅仅是一束鲜花么？

又一年过去，老大不小的我奉父母之命要回家相亲，请吃请喝的同事排成排，他们都记着我的好呢！可我总是微笑着谢绝他们，我说自己只是做了应该做的。

回到家，在父母亲及姐姐的安排下，我相了十来场，都没有中意的。

说来也巧，最后一次在音乐咖啡厅相亲，我又遇到了那个卖花的姑娘，看样子她也在相亲。当时，我这边的情况是女孩子嫌我没有正式体面的工作，起身离去；她那边也好不到哪里去，那个帅气的男生和她说了不几句话，就一去不复返。

我鼓足了勇气，走过去，把一束鲜花摆在了一脸诧异的她面前……

梅

国庆长假的时候,梅说要和老公去厦门鼓浪屿玩,开玩笑似的问我想要什么礼物? 我不假思索地说要贝壳。

梅果真带回一个拳头大小的贝壳,壳身很厚重,壳背上有许多乳突,更有意思的是壳口像两片红色厚嘴唇,我一见就爱不释手。她笑着说,"送你一张红色大嘴,如果女朋友不在身边可以吻它。"我把贝壳放到嘴边,假装亲吻,逗得她哈哈大笑。

自那以后,我忽然对中等身材,短头发,样子很温柔的梅有种说不清的感觉,不禁觉得有些奇怪,难道自己对一个已婚女人动了情? 同时,也发现了一个反常现象,同事一起聊天提到我女朋友时,梅的脸会立马拉长,显得不高兴,这是不是代表她对自己也有好感? 开心之余,一想到她是名花有主的人了,我心里生出沉重的失落感,空荡荡的。

我女朋友小闲高中毕业就出来在咖啡店打工了, 认识我后她主动出击,反正她样貌过得去,我抱着"人有我有"的心态接受了她。小闲一直唠叨要我买房,我一个刚出校门的穷打工仔,哪有这资本。过了段时间,见我没动静,她偷偷地给我爸妈打电话要钱买房。

爸妈在老家急得要卖牛卖猪,我得知后顿生一计,让梅冒充小闲给他们打电话,按照我的意思,她说,"爸妈,我后来想通了,以后不再逼你们给钱买房了,你们刚供儿子上完大学,也不容易,还是我们自己赚钱凭本事买吧！"乐得爸妈直夸小闲懂事了。

女孩子的心思细腻，几次见面我心不在焉，小闲追问我是不是心里有了别的女人？我不吱声。终于，忍无可忍的她向我摊牌：你不说，我也知道你爱上了别人，你走吧，后会无期。

小闲干脆利落地提出分手，我心里有些难受，对梅说了这事，她先不相信地反问是真的吗？过了会她笑着安慰道：别怕，追你的女孩子不是大把吗？可惜我是没机会了哦。我百感交集。

过了几天，梅对沉浸在失恋痛苦之中的我说，今晚公司的年轻人搞聚会，你来吗？我故意赌气说真不巧，有约会。她听罢，嘴里说没事恭喜你了，脸色却在刹那间灰白。

我好后悔自己狠心拒绝了梅的一片好心，第二天鼓足勇气约她吃饭，她犹豫了一会答应了。在餐馆吃饭的时候，借喝了几杯啤酒的机会，我说爱她，她面带少女般羞涩地把头摇得像拨浪鼓，然后小声提醒：傻瓜，我有老公。

半年后，公司组织体检，梅不肯去，但为了她身体着想，老总硬是逼着她去了医院。这次，医生从梅身上检查出乳腺癌晚期。也许，她早就知道自己身体出现了问题，才不肯去体检。

体检结果一公布，梅便没有来上班。我不停拨打她的电话，想安慰她一下，她就是不接，发短信也从不见回复。我买了一大堆补品，去到她家楼下，想看看她，却害怕她老公误会，没胆量敲门。

直到年底，梅回公司办离职手续，我们才得以见面。她明显消瘦许多，我帮她把东西搬上出租车，问她以后的打算？她说已经卖掉了房子，要回江西老家养病。

临上出租车，她嫣然一笑，张开双臂抱了我一下，说，保重，有时间就来江西玩哦！

我说好啊,然后转过头去,不想让梅看到自己眼里的泪水。

分别后,因为太思念梅了,日渐消瘦的我逐渐萌生了去找她的想法。于是打电话给梅,说要去江西看她,她先是极力制止,后来见推脱不掉,勉强告诉了我地址。

等我风尘仆仆地赶到那里,根本无人居住。再打电话,是个男人接的,我问他是不是梅的老公? 他居然说不是,是他姐太傻,明明连男朋友都没有,却硬要让自己这个亲弟弟来假扮老公。

当时,我目瞪口呆,老半天才回过神来问梅在不在? 他说,我姐姐已经于凌晨时分走了。

我纠结了许久,最终没有去见梅最后一面。从白天到深夜,我在一家小酒馆里买醉,醉态朦胧中,仿佛看见梅站在酒馆外的巷子口,看着我妩媚地笑,我兴奋地歪歪扭扭地跑过去……

雪　妮

刚踏进办公室，同事大呼小叫让我听电话。

我抓起话筒喂了一声，那头传出个女孩的声音："你就是那个写过无数凄美爱情故事的无歌先生吗？"

我说，是啊，有什么不对吗？

她沉默了一会，说我的声音比想象中的年轻许多，她接着告诉我自己叫雪妮，是石家庄体院的一名学生，也是我的忠实读者。

我在杂志社主要做编辑工作，只是偶尔动动笔头，雪妮这么恭维我，我以为她又是个想攀关系推销作品的女子，本能地对她的热情度剧减。我这边已经不厌其烦了，她却一点都不识趣，滔滔不绝大谈读我文章的感受。最后，竟然话锋一转，说她陷入了我笔下缠绵的情感世界，因为爱屋及乌，最后发觉自己深深地爱上了我，想和我见面的愿望越来越强烈……这不，她决定明天赶来北京看我。

我不是个浪漫的人，对爱情一直持保守态度，虽然时不时听到青年男女因文生情的美丽情缘故事，但从没想到这样的故事会发生在自己身上。于是，我敷衍了她几句，便匆匆挂断电话。

过了一会儿，雪妮又打来电话，固执地向我解释她是认真的，如果我不方便的话，她只见我一面就走，不会给我增添任何麻烦和负担。听她说得如此认真，我不由得动了心，为了方便联系，还将自己的手机和 QQ 号告诉了她，嘱咐她路上注意安全。

雪妮真会来看我吗？不会是空欢喜一场吧？直到下午两点钟，雪妮 QQ 申请加我为好友，并发来刚刚买好的火车票图片和她本人的大头照，我才彻底相信了。

我兴奋地把同事们叫到电脑旁看雪妮的照片，照片上美丽动人的女孩让他们羡慕不已，夸我艳福不浅，让我交代照片上女孩的来历！我自我解嘲地说，只是一个远方的读者，她说要来见我一面。同事们七嘴八舌地说没想我这么浪漫，居然要跟一个陌生女孩约会，他们善意地提醒我要当心，现在的女孩比老虎厉害，要吃人的呢！我不置可否地笑了笑，并顺便向领导请了假。

第二天下午，我早早地来到火车站。三点多钟，石家庄开往北京的那趟列车进站了，我举着写有"欢迎雪妮"的纸牌，进去接她，看着人群如蚂蚁一样向站口涌过来，我的心也激动起来："雪妮会是什么样子呢，她漂亮、温柔可人吗？"

可是等人群全部匆匆走出又都匆匆消散了，我都没有见到雪妮的影子。莫非她说谎，她根本不会来？我连忙打她的手机，语音提示说用户处于关机状态，发手机短信也不见回复，好像她一下子从世上凭空消失了一般。一种上当受骗的感觉猛地爬上心头，可除了愤怒外我又无可奈何，只好一个人闷声不响地回了单位。

好事的同事围过来问："那位怎样？干吗不带来让哥儿们开开眼界？真不够意思。"我气急败坏地吼道："看啥子，是个骗子，逗我开心呢！"

大伙正说着闹着，我的手机响了，是那个"骗子"雪妮。"你说下午来北京，害得我白跑一趟车站不说，还出尽洋相，现在打电话又玩什么花样？该不会让我到首都机场迎接你吧？"我毫不留情地责问。

雪妮不但不生气，反而开心地笑个不停，在断断续续的笑声中，她道明了事情的原委：她是不可能来北京的，因为她并不是什么体院的学生，而是个残疾人，她只是想求证一下我是否像文章里表达的那样真诚与率真。她说我没有让她失望，若是她的腿没有残疾，是肯定不会失约。

瞬间，我的眼睛湿润了，可是在那仓促的尴尬中，居然忘了说话就一声不响地把电话重重地挂了。或许，雪妮以为我是生她气了，紧接着发来条手机短信，"对不起，亲爱的，我真有自己的苦衷，你千万不要记恨我。"

我发疯了似的打雪妮电话，在 QQ 里给她留言，想告诉自己爱她，并不在乎她是否残疾。

可是，为时已晚，她的手机从最初的关机状态变成了空号，QQ 好友群也觅不见她的踪迹，她朝我走近又走远，狠狠地切断了与我的一切联系。于是，我们就像两株默默伫立人群中的玉米，永远走不进彼此的心瓣。

两年后，我带着满身的伤痕和疲惫离开了北京。当奔驰的火车抵达石家庄站短暂停靠时，我跳下车，心却一片茫然：雪妮，那个说爱我的她到底躲在哪个角落呢？

然而，我却一无所知。

春 儿

有一次,我路过一条寂静的小街,在拐弯处碰到一家不大的百货店正搞热卖促销活动,便不由地停住了脚步。然而,让我止步留恋的并非货架上琳琅满目的商品,而是一句话:女士们、先生们,进来看一看、瞧一瞧,走过路过,不要错过……是的,走过路过不要错过。可更多的时候,我走过路过却还是错过。

刚从技校毕业那年,我去一个离家十几里地的沙场挖河沙,来回要经过一家餐馆,开餐馆的是父女俩。有时,我也进去歇歇脚,要点面条、米粉充饥。时间长了,我才知道餐馆里的女孩叫春儿,比自己大三岁。

我干的是体力活,食量大得惊人,春儿常常会背着父亲多给出我一份,却坚持只收一份的钱。虽然她算不上美丽,但是有一种很清纯的温柔,看我的时候,眼睛里似乎有一种异样的东西在游动,这让我的心迷乱而不平静。

秋天过了一半,天忽然冷下来,我晚上回家的时候感到丝丝寒意,于是决定去餐馆喝杯米酒暖暖身子。帮我酒杯斟满酒后,春儿进屋里意外地拿出一双布鞋,红着脸冲我说:"穿上它吧! 专门给你做的。"

长这么大,从来没有异性朋友如此关心、体贴过自己,我心头一热,顺从地穿上了暖和舒适的布棉鞋。也是从那天起,我对春儿产生了一种说不清道不明的感觉,或者,这就叫"爱情"的前兆吧！

日子一天天流逝，我对春儿的"感觉"依然停留在"前兆"里，总觉得一个挖沙工是不该奢望享有爱情的，虽然知道春儿的心意，但却始终没有勇气向她表白。直到一天，春儿说她要与别人结婚了我才大吃一惊。

那天，接送新娘的礼仪车在喧闹的锣鼓声中开动，车轮穿过小街，也碾碎了我的心。

次年冬天，沙场放假了，我闲来无事，便自告奋勇地跟随老板驾驶一艘破旧的敞篷小船去河对岸打鱼。小船行驶到河中央，我隐隐约约看见远处的水草里躺了个着红色衣服的女人，形态居然跟春儿几分相似。等船近了些，我揉揉眼，发现那个落水的女人真的是春儿，急忙脱掉衣服要跳下去救人。

说时迟那时快，老板一把拦住我，问我是不是中邪了，那根本不是人，而是条红鲤鱼。我愣了一下，惊出一身冷汗。老板一网撒下去，把那条被水草缠住动弹不得的大红鲤鱼捞了上来，足足十几斤。

不久，一个坏消息传来，身怀六甲的春儿在河边洗衣服时，一不小心滑进河里去了，等救援的乡亲赶来，她人已飘到河中央的水草堆里，变成了冰凉的尸体。

那段时间，我常常去餐馆喝闷酒。有次喝醉了，我边用头撞桌子，边对春儿爹说，"大叔，我和老板去河对岸打鱼，早看见了春儿的魂呢？当时就应该来告诉你，让你找和尚给她做法事收魂的，是我害死了春儿啊！"

春儿爹老泪纵横，说，这怎么能怨你，这是她的宿命呢！

后来，我仍然时常想念春儿，她的身影无处不在，始终如一地温暖着我坚硬的心。

小 雨

　　二十三岁那年,我辗转来到一个异乡城市,进入一家木器厂做事,由于初来乍到人地两生,受不了寂寞和孤独的我买了台收音机,让轻盈的音乐伴自己度过一个又一个漫漫长夜。

　　不知不觉地,三个月的试用期过去了,我的心情也一扫往日的郁闷,变得开朗起来。老乡阿果告诉我,有个音乐台的情感驿站节目很好听,让我有空听听。当时我并没有留意,后来一次调频偶然间听到,让漂泊的心相互靠拢,让流浪的主旋律交融,欢迎各位朋友一起走进"情感驿站",我那颗漂泊的心仿佛找到了停靠的港湾,便和它结下了不解之缘。

　　"情感驿站"节目结束时总会播放听众的"交友信息",我就是通过"交友信息"认识小雨的。"如果我是雨,你会是云吗?如果我寂寞,你会来信吗?"小雨的交友留言别出心裁,一下子扣住了我的心弦,我连夜给她写了一封信,说自己就是一朵飘在她触摸不到的地方的云。

　　不久,小雨回信了。信密密麻麻地写了三大页。小雨告诉我,她比我小一岁,现供职一家房地产公司,虽然身边不缺朋友,但都不是能以心交心、以心换心的那种,所以时常莫名其妙地感到痛苦,希望我有空多写信给她。

　　我心里暗暗窃喜:你寂寞我不也一样寂寞?巴不得天天给你写信呢!反正下班闲着也是闲着。往后,给小雨写信,分享她的欢

乐、痛苦成了我生活中的一部分。

快过年的时候，父亲打来电话，说是在老家给我张罗了一门亲事，女方的父亲在县城做生意。俗话说一个女婿半个儿，未来的岳父到时候照顾一下，我飞黄腾达岂不是指日可待？这对流浪在他乡的我来说，无疑充满诱惑力。

准备回家乡之前，我第一次拨通了小雨的手机，说自己要回家相亲了，不管走到哪里，会永远把她当成知心朋友。

小雨有些伤感地问我了解那个女孩吗？

"我……我不知道。"想了半天，我只好老老实实地回答。"不知道就要拿自己一生的幸福做赌注！"啪的一下，小雨挂断电话。

我夜里失眠了，辗转反侧思索再三，还是决定不回去了。因为，我不想做让小雨不开心的事。

第二天一早，我打电话给小雨，想告诉她自己不回去了。可是，她的手机关机了，打她办公室的座机，接电话的小姐告诉我说她出差了。

怎么会这么巧啊？我心里有些不安起来。

没几天，父亲打来电话气愤地责问我为什么不回去，是不是在外面谈了不三不四的女人？他苦口婆心地跟我摆事实讲道理，总之外边的女人不知底细，弄不好惹祸上身，会害苦了自己。然后，他又跟我强调女方家的条件如何好，要我珍惜机会等等。

我跟父亲说男女之间得有爱情才能走到一起的，父亲说爱情是虚的东西，而找个家庭条件好的女孩做老婆，好处是实实在在的。

父亲最后说了句你若死不听劝，会后悔的，便生气地挂断电话。

其实，我心里也很没底的。小雨到底去了哪里呢？她切断了和我的联系,是什么意思?她生气了吗?

我越想越糊涂,下班后没心情吃饭,一个人走出去散步,途中遇到一个拖着只密码箱的漂亮女孩,她问我认不认识阿冰。

我一愣,随口说:"恒信木器厂就一个阿冰,那便就是我,美女,你不会是弄错了吧?"

女孩抿嘴一笑,说这么巧,我是小雨,顺道来看看你。

"小雨?"我做梦都没想到她会来,真是喜从天降,我兴奋不已,上前握住她的手,久久不想松开。

给小雨安排好住处后,我约上工友阿果一起去吃夜宵,阿果羡慕地说,"阿冰,你小子真是艳福不浅。"

"不是跟你解释得很清楚了吗?小雨只是我通过电波认识的一个普通朋友。"我解释。

阿果笑着说:"你真是傻到家了,小雨真正身份是我的表妹,也就是你前几天嚷着要回家相亲的女主人公。"

怪不得以前阿果老是嚷着要为我介绍对象,可后来又不见动静,原来这家伙跟我玩悬的。我心里甜丝丝的。

后来,我和小雨步入了婚姻的殿堂。在老家摆酒的那天,父亲乐哈哈地接过小雨端过去的酒,笑得合不拢嘴,他把我叫到跟前,不明就里地对我说,"小子,你看看,听老人言不错吧?"

我点点头,心里却想:爱情才是真实的东西,不能掺杂任何杂质。

真的,直到现在,我还时常庆幸自己当初没有急功近利,否则就失去了一份美好的爱情,断送了自己一生的幸福。

情　网

　　漂亮女孩走到哪里都是一道美丽风景，时刻吸引男士的眼球,姚芳算得上漂亮女孩中的佼佼者,因此身边不乏追求者。可是,对那些有钱有势的追求者,姚芳认为他们太媚俗,对身边的男同事,她又认为他们不够出息,这样一对比,岑冲的优势就显露出来。

　　岑冲是名中学老师,不但有学问,人也帅气！那次他来市里出差,到手机专卖店里买手机,俩人就这样相识了。恋爱关系确立后,姚芳谢绝了其他的追求者,一心一意地跟他交往。

　　平日里,姚芳有空时会坐上几个钟的大巴车到岑冲那里玩;岑冲呢,几乎每个周末都坐车来市里与她腻在一起。这样子过了大半年,岑冲对姚芳说:你那份工作反正不是正式的,干脆辞掉算了,我俩这样跑来跑去,辛苦不说且钱都花在路上了。姚芳一想也是,顺从地辞了职。

　　姚芳高兴地住进岑冲的单位宿舍,总算结束了"周末情人"的生活。姚芳和岑冲生活在一起的最初时光快乐而甜蜜,时间长了后,激情退却,各种问题和矛盾就显露出来了。岑冲犯了男人的通病,得到了不懂得珍惜,他觉得姚芳再怎么漂亮也只不过是个无业游民,迟迟不愿带她去面见自己的父母。久而久之,姚芳觉得岑冲对自己留了一手,不够重视,有了些想法。再加上岑冲风流成性,与几个女同事关系暧昧,这让姚芳非常伤心和越来越不放心。

为了试探一下岑冲，姚芳悄悄地从电子市场买来针孔摄像仪偷偷安放在宿舍，然后谎称要回市里参加前同事的生日晚会，要住几天才回来。其实，她哪儿也没去，而是住在镇上的小旅馆里，伺机捕获岑冲出轨的蛛丝马迹。

第二天上午，估计岑冲上课去了，姚芳溜回去，取出录像仪一看，心里顿时凉了半截，录像资料显示：晚上六点多钟，岑冲从外边回来后躺在床上打了个电话，不一会儿，教英语的刘老师就来了，一进来就扑进他怀里，娇滴滴地说，"亲爱的，一听说你女朋友回市了，我还在想你是找我还是找小美？还算你讲良心……"岑冲的情人还不止一个，那个叫小美的，姚芳也认识，是学校小卖部老板的女儿，她大学毕业在家待业。

愤怒了的姚芳写了一封举报信，连同刻录好的录像碟片一同送到教育局。随即，因思想道德败坏，作风不良，岑冲被学校开除了。

心灰意冷的姚芳回到市内后，又在市郊一家手机专卖店找了份销售工作，大约干了一年多，手机店的老板要出国谋发展，把店便宜盘给了她。姚芳接手后，立即改变销售思路，专卖高档手机，并推出了终身免费维修、以旧换新等服务，生意越做越好。

不到两年时间，收入颇丰的姚芳在市内一个高档小区购买了三居室房屋一套，并购买了宝马小轿车。而岑冲就没这么好命了，失去工作后，他也来到市内发展，但总是高不成低不就的，一直没有找到合适的工作，最后竟然沦落到靠摩托车搭客为生。

如果岑冲失业后混得比以前好，他也许不会对姚芳产生仇恨，偏偏是他没有混好，所以，一直把她当仇人。他一边搭客一边不断地寻找姚芳的踪迹，想要报仇雪恨。

终于有一天,岑冲在姚芳居住的小区外边搭客时,意处地发现了她的身影,他当时就想冲进去找她麻烦,但他克制住了。

经过连续几天打探,七七八八得来的消息是姚芳这些年做生意挣了不少钱,有车有房,岑冲的心里更不是滋味,他甚至觉得她过好了就应该给他点补偿。

那天夜里,岑冲潜伏在姚芳楼下,尾随她上了楼。等姚芳发现时,岑冲已进入了她的房间,并随手关上了门。

姚芳先是吃了一惊,继而冷静下来,讽刺地说:"你来干什么,穿得这么'体面',是不是当大老板发大财了。"岑冲大怒,狠狠地骂道:"你还幸灾乐祸?老子本来有份好工作,却被你害成这样,你赔十万,我马上离开,以前的恩怨一笔勾销,否则我……"姚芳根本没有理会他这个无理要求。

要钱未果的情况下,岑冲失去了理智,他忽然上去掐住姚芳的颈部致其昏倒。看着躺在地上一动不动的姚芳,岑冲心里非常害怕,慌乱中用打火机点燃了床单,逃离现场。

其实,姚芳是装死的。岑冲逃走后,她立即跳起来,到洗手间打了几桶水将火浇灭了。

三年后的夏季,姚芳来到滨海城市旅游,在海滩漫步时,一个捡垃圾的男子看到她就像见了瘟神一样,吓得魂不附体撒腿跑了。望着那个渐渐消失的熟悉背景,姚芳几乎要大笑出声——那人不正是岑冲吗?

永远的朋友

中秋节前夕，我突然收到一封陌生的来信，写信的是一个署名红艳的素不相识的女孩。信中写道："如不嫌弃，请来我家过节！"

女孩是怎么知道自己的，去还是不去呢？我的心情很矛盾。班长知道后对我说：人生最讲究的大概是一个"缘"字吧，要好好珍惜它。

经过一番激烈的思想斗争，我就向部队首长请了假，按照信中所画的示意图，去了顺义。那地方偏僻得很，以致有些当地人还不知道有这么个地方。见多识广的"的哥"费了好大劲，才七拐八拐地把我送到了目的地。

这是一个环境幽静的小村庄。各种造型美观、大小不一的房屋布局齐整。随意敲开一户人家的门，从里面走出一个十五六岁的小姑娘，她的眼睛清澈而明亮。"叔叔，你是军人吧？"我又没有穿军装，小姑娘是怎么认出来的？我暗暗地猜测着。小姑娘噗的一声笑了。她好像看出了我的心思说，我是从你的提包、走路的姿势猜出来的。原来，我随身携带的棕色提包上印有北京卫戍区等字样。这丫头，怪精灵的。我有些佩服她的机警。

也许是出于对军人的崇敬，小姑娘竟不顾劝阻，一定要送我。她蹦蹦跳跳，欢快得像只小百灵。她告诉我，她叫芳芳，上初三啦！班上同学有的喜欢歌星、有的崇拜影星，而她却对穿绿色军装的军人情有独钟。我故意气她说,傻大兵有啥可爱之处。芳芳却认真地说:"军人守卫在祖国最需要的地方,默默地奉献,难道他们不可爱吗?"面对这个多情、懂事的小姑娘,我没话可说了。

穿过几条小巷,芳芳指着一座四合院的漂亮的小楼房说,那就是。

芳芳上前敲门。一阵急促的脚步声过后,门徐徐打开。门缝里露出一副熟悉的面孔来。是你,我不由地惊呆了。做梦都没有想到,约我的人竟是自己曾经搭救过的人。

那是半月前发生的事了。在去报社送稿的路上,我意外地发现了一个倒在血泊中的女孩。她就是红艳。望着女孩血流不止、痛苦、虚弱的样子,我于心不忍,在路人诧异的目光下,抱起她,飞快地送到附近医院的急诊室,直到天黑,估计她的家人快赶到的时候,才离去。

走的时候,医务人员一再恳求我留下姓名和部队番号,而我却执意未留。我走得很坦然……救人这件事早就忘了。这样的事情发生在军人身上简直太平常了,所以我从未提及它。

等我回过神来,发现芳芳不见了。我问,芳芳呢,还没有向她道谢。早走啦,我已经替你谢过了。红艳说完,大方地把我请进她的闺房。带着疑惑,我问,怎么知道是我救了你呢?红艳故弄玄虚地说,猜猜看。我摇摇头。再三追问下,她才吐露实情。原来,那天忙乱中,我的文章《难圆的中秋梦》从提包里滑出来,丢在手术室的一角。那上面有我的姓名和通讯地址。

难道这就是所谓的"缘分"?望着红艳好看的脸蛋,我想入非非了。"你是我的救命恩人。你说,我怎么报答你?"红艳朝我靠了靠。她握住了我的手。这时,我的心像被某种呈尖锐状的东西触动了一下，为之一震，重回到现实之中。我轻轻地推开了她的手，小声地说："我是军人，救死扶伤是应该的。""能告诉我，你来的目的吗？"红艳紧追不舍。"你又没提到过我曾救过你。若早知这样，我肯定不会来。我是不想让好心人失望，再者也确实想找一份家的感觉。你知道吗，我快三年没有和家人团聚了。"我的声调有些激昂。

"不为别的吗？"红艳好像不甘心。我点点头。"但我们是朋友。"我作了补充。午餐特别丰盛。红艳的父亲毅然推脱了几家单位的宴请，执意留下来陪我。他仔细地询问了我的有关情况，鼓励我干好各项工作，争取在部队有所作为。我觉得他好像我那当农民的对我寄托殷切希望的父亲。

时候不早了，我必须赶回部队。红艳一家苦苦挽留。我只得告诉他们，自己是军人，不能随便在外留宿。我分明地看见，红艳的眼睛红红的。走出几十米远，她还一个劲地朝我挥手。

天快黑了，我像做错了事的孩子一样，溜回部队。

几天以后，我收到了两封带着香水味的信。一封是芳芳的，她说，常听红艳姐夸你，你真伟大，你是我心中的偶像。这丫头真逗。我笑了。另一封是红艳写的，信中她委婉地表达了对我的爱慕之情，希望我不要辜负她。我有生以来第一次感到很为难，拿不定主意了，就悄悄地跑过去问班长。班长没好气地说：你难道忘了自己的身份。你是军人，不能在驻地谈对象。

第二天，我就到驻地小镇上，把条令条例里的军人不准在驻地找对象那一章复印了一份，寄给了红艳。

后来，我再也没有收到红艳的来信。但我想，我们仍然是朋友——永远的朋友。

痴 爱

　　凌晨时分，某市公安局值班室电话骤然响起，值班员拎起听筒，传来一个急促的声音："新力量迪吧门前路段有人受了伤，你们快来……"值班员正想问问情况，却断了线。

　　时值子夜，车少人稀，办案民警赶到时，发现一个中年男子倒在新力量迪吧门口的马路边，鲜血淌了一地。而原先在迪吧娱乐的顾客听说外面出了事，早已悄然离开，现场连报案人也不见了踪影。

　　救护车把伤者送往医院后，办案民警展开了调查行动。新力量迪吧对面的美发店服务员刘美，向他们透露了一个重要信息，这个案子可能是她好姐妹杨诗的男朋友顾大山干的。

　　得到这个情况，办案民警身上的倦意顿时烟消云散，他们立即驱车奔赴顾大山工作的塑料厂，工厂负责人说他不在厂里，至于他在外面交了什么朋友，干了什么事，一概不知晓。

　　办案民警无功而返。第二天上午，他们又接到刘美的电话，说顾大山刚打过杨诗的电话，让她多买点吃的用的东西去城东一横街3号的老房子找他，估计他就躲藏在里面。

　　办案民警奔去包围了那幢旧房子，然而，狡猾的顾大山提前闻风而逃，让他们又扑了个空。望着屋角还忽闪忽闪没有熄灭的烟头，办案民警心头不是滋味。

　　伤者叫古树丰，是开饭店的小老板，他的家属从老家赶来了，在派出所里闹得凶，办案民警感到了前所未有的压力。然而，过了几日，一个衣衫褴褛、蓬头垢面的年青人来派出所自首，自称是顾大山。

顾大山承认自己伤了古树丰，他这么做竟然全是因为太爱杨诗了。

杨诗是美发店里年纪最小的姑娘，长得像朵花似的，找她做洗头服务的顾客天天排着队。这些人中，既有工厂员工也有开店铺做生意的小老板，众多男人中，她最喜欢顾大山和古树丰。顾大山年轻英俊，嘴巴又甜，别看只是一个保安，但却志向高远，心里总想着干出一番惊天动地的大事业。古树丰则是个小老板，显得有些木呆呆的，可他出手大方，每次洗完头总要多给杨诗一些钱，他说做服务行业不容易，甚至劝说她早日另谋出路。

杨诗何尝不想体面的工作和生活，但在没找到好工作之前，她不愿就此放弃。

美发店是个强颜欢笑的地方，杨诗并不快乐！顾大山好像摸透了杨诗的心思，每次来洗头时，变戏法似的送枝鲜花或者几颗巧克力什么的哄她开心，几次三番地要求她做自己的女朋友。

杨诗没有答应，因为她不知他是否出于真心。

到了春暖花开的季节，杨诗发现自己的身体有些不适，到医院检查，医生说是过度劳累所致，建议她注意休息和补充营养，别光顾着挣钱，累垮了身子。听了医生的忠告，杨诗专门请了假养病。

可事情偏偏巧得很，没过几天，在去医院复查的路上，杨诗意外地遇见了顾大山，俩人街头偶遇分外亲热，他说这就是缘分，竟然跪在大街上向她求婚。当时，杨诗感动得流下了热泪。

俩人顺理成章地建立起了恋爱关系，在顾大山的悉心照料下，杨诗的病很快痊愈了。闲得无聊，她应聘到商场卖化妆品，开始了新生活。

平平淡淡的日子过了大半年，一天，前来商场购物的古树丰认出了杨诗，他极力邀请她下班后去新力量酒吧蹦迪，原本就对古树丰有几份好感的她没有拒绝。

于是，杨诗给顾大山打电话，说晚上清货要晚点回去。顾大山虽然嘴上答应了，可心里总觉得不对劲，连忙赶去商场欲看个究竟，却正好目睹杨诗钻进小轿，跟古树丰扬长而去的那幕。

后来，顾大山在新力量酒吧门口找到了古树丰的车，一直在那里等到他们出来，于是就发生了血腥的一幕。

三年后，顾大山从监狱出来，到处打听杨诗的下落末果，抱着最后一丝希望来到古树丰的饭店，只见杨诗正忙进忙出满面春风地招呼着客人呢！他兴奋地跑过去，一把抱住她说："杨诗，总算找到你了。"

饭店里就餐的客人哄堂大笑，顾大山这才回过神：原来，自己抱着的是根冰冷的柱子。古树丰走过去，恶狠狠地打了他几耳光，冲他吼道：混蛋，你到地底下去找杨诗吧！

第二天一早，有人在长乐街发现了顾大山的身影，那里正好是杨诗遭遇车祸身亡的地方。疯癫了的顾大山光着上身，站在路中间傻笑，手里捧着一张他和杨诗的合影。

这张曾经的照片里，帅气的顾大山搂着拥有霞光般灿烂笑脸的杨诗，两人是那样的幸福，那样的甜蜜。

熟悉的陌生人

班主任见洪朋看小茹的眼神越来越迷离，害怕他们早恋，郑重其事地找他们谈话。对无中生有的事，他俩沉默以对，无话可说。虽然他们不肯承认，可跟洪朋玩得好的几个哥们，时不时地拿小茹说事，逗乐子，弄得他哭笑不得。

这种状况一直延伸到凌强的出现。

凌强高二下期插班进来，人长得帅气，是篮球场上的健将，还会写朦胧的情诗，极讨女生的芳心。

当小茹告诉洪朋，她已悄悄喜欢上了凌强时，洪朋失落得像一株长在墙头的狗尾草。

热恋之中的小茹和凌强曾幻想学习与恋爱两不误，然而世上哪有两全其美的事，本来与洪朋成绩不相上下的他们高考均以失利结束，是父母和老师的指责激发了他们进取的斗志，俩人相约用功复读一年，待考上大学后再续情缘。

次年，小茹顺利考入省师范大学，离洪朋所在的科技大学不远，凌强则考入外省一所航天学校。

那天，洪朋正打篮球，小茹意外来访，在队友们羡慕的目光里，洪朋走到场下领着小茹来到位于校园转角边的咖啡厅，点了两杯不加糖的咖啡，然后有一搭没一搭地聊天。

说着说着，小茹的眼泪流了出来，小声抽泣说距离产生美同样也分割了美，她和凌强分手了。

洪朋心中窃喜，以为上天待自己不薄，现在等来机会了，小茹一定会和他成为最美好、最亲密的一对。可幸福时光总是短暂的，转眼洪朋就要毕业了，要离开熟悉的学校和深爱的小茹，出去打拼事业了。

送洪朋上车时，小茹反复说，不要忘了她，常联系之类的话，弄得洪朋的心顿时萌生出许多感伤，无限惆怅。

洪朋像一只飞鸟，先后去了几个城市，从公司职员到工厂技术员，工作换来变去，甚至面临失业和被无良老板欺骗。强大的生存压力面前，什么情啊爱的，都显得那么脆弱，与小茹的通话渐渐成了例行公事，缺乏温度与热情。

小茹似乎嗅出了洪朋在外面混得艰辛的味道，问他是不是在外面过得不好？是否遇到了困难？好面子的洪朋说他好得很，工作轻松工资高，日子过得相当的潇洒。

"既然这样，那肯定是外面的诱惑太多。"小茹心想。

一次偶然中，洪朋在报纸上看到一则招考公务员的启示，他刚好符合条件，就以一个外乡人的身份去报考当地公务员，也许是祖坟冒青烟了，竟然让他考到了。

事业有了起色，洪朋整个人精神起来，他要把好消息告诉小茹，可语音提示这个号码不存在，想想都快两个月没通电话了，自己和小茹竟成了现实版的最熟悉的陌生人。

洪朋决定悄悄地去学校找小茹，跟她谈谈。

小茹寝室的一个卷发女生对洪朋倒是热情，招呼他坐下，说小茹刚刚跟个着军装的男孩外出了。然后，帮忙打通小茹的电话，压低声音问她在哪里，怎么宿舍又来了个找她的英俊男孩。

半小时不到，小茹出现了，洪朋迎过去拿出一枚金光闪闪的戒指，表白："亲爱的，嫁给我吧！"她没有接，冷冷地道："我已经有男朋友了！"

洪朋按压不住地问："他是凌强吗？"

小茹的头摇成拨浪鼓。

事已至此，只能说明和小茹有缘无分，洪朋知道说什么已显得多余。

毕业后，小茹放弃了优越的工作，为了爱情去了她男朋友所在的城市，在私立学校当教师。再后来他们结了婚，小日子过得有滋有味。

几年过后，洪朋也组建了自己的家庭。

洪朋和小茹两人偶尔会打打电话闲聊一下，关系就像普通朋友一样不咸不淡的。

有一年的秋季，枫叶正红的时候，小茹忽然来到洪朋的城市约他喝咖啡。

洪朋有股想哭想跳起来的冲动，然后跟太太请假说晚上有应酬，去了约好了的那间咖啡厅。过了约定的时间很久了，小茹一直没有现身，洪朋焦急地打通她的手机，问她怎么没来？

躲在咖啡厅二楼包间的小茹透过玻璃窗远远地看他，久久没有回话。

洪朋叹了口气，叫来服务员买单，服务员微笑着告诉他有人提前买了……

信

那年金秋时分，挂在校园门口"当兵光荣，欢迎热血男儿踊跃报名参军"的横幅格外耀眼。晃得阿文动了心，他悄悄地去武装部报了名，并通过了体检和政审，成了北方某基地的一名空降兵。

入伍前夕，学校给阿文举行了简单而隆重的欢送仪式。隔壁班叫倩的女孩给他送了鲜花，还悄悄地嘱咐他到了部队后一定记得给她写信，她想和他一起分享发生在部队和学校的好玩而有趣的事情。

一到部队，阿文就给倩写了一封信，还往信里夹了一枚火红的领花。可是，不知什么原因，倩一直没有给他回信。

进入冬季，洁白的雪花开始在军营上空漫天飞舞，大地银装素裹，最能激发人的情思，机关宣传股的同志决定举办一次军营"咏雪"的征文活动。

许多写作爱好者都积极地投了稿。阿文写了一首《雪是信》的短诗，经通信员送到宣传股，不是为了出名挂号，只是为了抒发自己的心情，宣泄自己的思乡之情。

雪继续下着，阿文觉得很无聊，便与战友们一起来到大礼堂看获奖名单，公布的优秀作品居然是一首《雪是信》的短诗，作者没有署名。

诗是阿文写的，他不说，别人自然不会知道。阿文看着自己的短诗,心情复杂,眼泪止不住地往下流,是激动还是难过? 他想起那个承诺和他分享快乐的女孩,他觉得是她给了他创作的灵感。

阿文还在等,他是倔强的男孩,他不在乎等多久,只是每天照例要到通信员那里问有没有自己的信,他一直期盼着倩的来信,可每一次得到的都是满腹无奈。失望和彷徨困惑了他的整个冬季。

往日活泼开朗、爱说爱笑的阿文仿佛变了一个人似的,脸上写满忧伤。

冬和春握手言别时,厚厚的积雪开始融化,到处呈现出一片春意盎然的景象。信终于来了。阿文用颤抖的手打开,信写了很长,其中写道:

"收到你的信后,我几个月来接连给你写了十余封信,可都如石沉大海,杳无音信,难道你没有收到吗?

1月14日,这个刻骨铭心的日子,我去邮局寄信,跨越护栏时,一辆大货车撞翻我,无情地辗断了我的左脚。

文,知道吗,你以前每次出现在学校的篮球场,我都会默默地躲在角落里关注着你,其实我早就暗恋上你了,若不是你当兵要离开校园离开家乡,我肯定到现在还是拿不出面对你的勇气。然而,你后来一直不主动给我写信,也没有回我的信,是不是有什么苦衷? 或者说你不喜欢我,仅仅把我当个可有可无的朋友而已?

没有你的信的日子里,我总心神不定,在医院住院治疗期间,每天望着窗外发呆,多么希望你能立即出现在我的视线里啊! "

泪水朦胧了阿文的双眼,痛苦扭曲了他的脸庞。忽然,他似乎想起了什么,发疯似的往营部跑,在通信员宿舍,阿文找遍了各个角落,终于在床铺底下,找到了倩写给他的一沓信。

信都没有撕开口,阿文一封封拆开呆呆地看,泪水自双颊而下,他狠狠地瞪了一眼通信员,转身走了。

日子一天天过去,愁闷依然萦绕在阿文心头,痛苦只有自己默默地忍受。他想:如果当初自己大度点,多给倩写几封信,也许就会避免这场灾难。

半个月后,阿文写信向广播电台"今生有约"点的歌恰巧播了出来,听到"一段情要埋藏多少年,一封信要迟来多少天,两颗心要承受多少痛苦的煎熬,才能够彼此完全明了……"阿文心如刀割一般。

于是,他决心到倩的身边,用言语来劝慰她,用行动来表明对她的爱。窗外,厚厚的冰块不知什么时候已融化了,天似乎就要变晴了……

遇 见

出门大半年了，由于一直未能找到合适的工作，我的处境变得越发艰难起来。原先那些花儿一样美丽炫目的理想和抱负，被冰冷的现实击得七零八落，我整个人变得忧伤和悲哀起来，经常借酒消愁。

一次，我租住的四合小院来了几个治安队员，他们站在院子中央大声叫嚷："统统开门，查暂住证。"清幽梦境被人硬生生地打搅，我恼怒地冲出屋去，质问他们为什么要在三更半夜查暂住证？火气很大地跟他们大声理论起来，并发生了争执。后来，我被他们几个抓去治保会关禁闭。

没想到的是从治保会回来后，邻居们对我明显客气了许多。那对在市场卖菜的夫妇主动送了些米和一捆蔬菜给我，那个摆地摊卖报刊的大叔抱来一堆杂志丢到我的床上，让我没事的时候看看，然后是隔壁香气扑鼻的美女欢欢邀我有空去她家看电视，还劝我不要经常在屋子里喝闷酒，以免把整个院子弄成一股酒味……

大叔送的那堆杂志，我比较喜欢那本创业励志的杂志，看别人远走他乡到南方打工创业的故事，对比自己，真是感慨万千。我想，只要自己勇于拼搏，一定可以在这片充满希望的热土飞得更高，走得更远。

一周后，我终于找到了工作，在一家电子厂当员工。有了工作就有了经济来源，我可以用多余的钱去书摊买书看了。当然，肥水不流外人田，我经常会去照顾大叔的生意，次数多了，我们成了无话不说的忘年交。

大叔是个有故事的人，他以前是开大型综合超市的老板，因为迷恋上了赌博，结果输光所有家产，就连老婆也跟别人跑了。落魄后，大叔才戒掉赌博劣习，靠摆书摊赚点小钱为生。

有一次光顾书摊时，大叔拉着我的手，语重心长地说："年轻人，不管有钱没钱，人还是要有点追求，看到你能振作起来，大叔心里特别的高兴。"末了，他又神秘地对我说，"欢欢也喜欢看杂志，你拿一本新杂志晚上送给她吧！"我愣了愣，接着点了点头。

晚上，见欢欢下班回来了，我拿起杂志就冲到她面前，小声地说："美女，送你一本杂志。"欢欢欣喜地接过我递过去的杂志，欢喜地问："我以前不是让你来看电视的吗？怎么你一次都没来？"

"其实，我也很想像其他邻居一样去你家里看电视的，可心里却自卑得很，因为当时没有工作害怕被你瞧不起。"我吞吞吐吐地答道。

欢欢笑了，然后说，"你这个人有意思，蛮真诚的嘛！"我也笑了。慢慢地，我和欢欢的关系越来越密切了，两颗年轻的心越来越贴近，我们相爱了。

有了爱情的滋润，我在工作上越发尽职尽责，并得到了老板的赏识，一步步升任部门主管，收入也随之增加。有了钱，我在异乡的城市买了房，搬离了出租屋。

虽然生活条件大为改善，但我与欢欢的距离却随之拉开，欢欢说她就一普通打工妹，住在高楼大厦里头，心里总觉得不够踏实，她开始有意疏远我。

过了段时间，我陪客户去酒吧喝酒，认识了一位时尚靓丽的东北长发美女，她主动向我投怀送抱，我的心都快被融化了。

后来，我避开欢欢的视线，悄悄地和东北美女同居了。直到一天，房产中介公司工作人员来催我搬走时，才如梦初醒，东北美女之所以乐意跟我玩这出感情游戏，原来怀有不可告人之目的：她是个"瘾君子"，为了筹钱吸白粉，她以感情投资骗取我的信任后，偷偷地盗取了我的证件，在我不知情的情况下，把房子抵押给他人，借了一笔巨款，挥霍个精光。

失去所有的我灰溜溜地回到原先租住的四合小院，准备继续租住生涯，没想到却在院子里意外地遇见了欢欢，她看着我浅浅地笑着，就好像早已预知我会回来一样。

不变的选择

　　颖是我的 QQ 好友之一，她也是我一个真真切切的朋友。因为，我俩几乎每隔一两天就会有一长串聊天记录。

　　一个风轻云淡的日子，颖在 QQ 里向我讲述了一段往事：三年前，经亲戚介绍，她决定与一位远方的军人确定恋爱关系，可是，就在他俩准备千里迢迢约会之前，军人却在公交车上勇斗劫匪时献出了年轻的生命……从此，颖许下诺言，今生非军人不嫁！

　　我的心第一次被打动了，有什么理由不接受这个缘分呢？于是，我萌生了与她相见的愿望。

　　过了一段日子，我请了假，奔驰的列车载着我去圆期盼已久的梦。一路上，我一遍遍地问自己：当兵几年都没有回过一次老家，为什么要置父母的期盼于不顾，而去一个陌生的地方，莫非这就是爱情的力量？

　　次日中午，我和颖见到了日思夜想的彼此。没有预想的那种激动场面，我们只是轻轻地握了握手，然后一起沿着冰封的街道默默地走……不知过了多久，天空飘舞起雪花。颖打破了沉寂："你觉得我是你想象中的那样吗？要是不愿意，马上回火车站，我给你买回程车票……"

　　我的心第二次被打动了。"你和我想象中的一丝不差！"说着，我情不自禁地吻了她……

颖带我去见她的父母，她父母自然不愿意让宝贝女儿远离故土，去跟一个穷当兵的过不可预见幸福的日子，全家人对我充满敌意。

不知道从哪里收到的消息，颖大学同学兼闺蜜居然带着男朋友一起看我来了。她闺蜜的男朋友在当地工商局上班，高大帅气，世故圆滑，站在一起比较，我比他差远了，根本不在一个档次上。

闺蜜把颖拉到里屋，故意大声说：你好傻，放着金的不要，非得挑个铜的，真不知道你图他什么？

我脸红到脖子根。她男朋友倒一团和气，不停地小声劝我不要跟女人一般见识。

更要命的还在后头。大家坐在一起吃饭的时候，闺蜜手指上那颗硕大的蓝宝石钻戒引起了颖母亲的注意，她一问得知是订婚戒指时，忙拿眼看我，要我吃完饭马上带颖去买一个。我心里暗暗叫苦，那么大的钻戒少说也得五六万，我哪有这么多钱，可嘴上却不甘示弱，答她："行，没问题。"

吃完饭，送走闺蜜和她男朋友，颖在母亲的催促声中，牵着我的手穿过街道，来到一家床上用品店，她柔声说："你给我买个枕头吧！金银珠宝戴在手上既不安全心里也不踏实，枕头多好，枕在头下柔柔的，抱在怀里暖暖的！"多么善解人意的好姑娘，我感动得说不出话来。

转眼，分别的时刻到了，在火车站的站台上，我们都掉下了眼泪。火车无情地启动了，我将被带回军营，带往远离颖的地方。在火车的轰鸣声中，我向着依旧不愿离去的颖大喊："你是我今生不变的选择！"

不久，一个残酷的现实摆在面前——我要复员了。复员对于任何一个军人来说都是人生的一个十字路口，而我又多了一层含义，那就是我将离开"非军人不嫁"的颖。

脱掉曾经为之自豪的军装，我回到了阔别多年的故乡，然而亲友们的热情却无法冲淡我思念颖的痛苦。不过，我不敢联系颖，因为我把和颖恋爱的事告诉了父母，他们一致反对，我失去了勇气。也许，我和颖之间只能是 QQ 好友，而且，只能是过去的 QQ 好友了。

时光在流逝，父母开始为我张罗婚姻大事了，并鼓动我和邻镇的一个女孩订下了约会的日期。

为了不让父母失望，我去了⋯⋯那女孩长相清秀，工作单位也不错，正当犹豫不决时，我收到了颖发过来的 QQ 留言："如果你真的变了心，我会不远万里来找你问个清楚，因为我不想让那段已经刻骨铭心的恋情变成无言的结局！"

我的心又一次被打动了，真的被打动了，我像一个迷路的孩子那样忽然找到了归宿！我又登上了火车。

结婚后，我身边又出现了另一个女孩，她美丽的倩影晃得我心动，她温柔的说话声让我心醉，我脑子里无数次有了放弃颖的想法，甚至鬼迷心窍狠起心肠向颖提出离婚。

没想到，颖竟然大方地说，"离吧，只要你幸福！"我顿时羞愧难当，婚当然没离成。

爱情的影子

和叶子相识，缘于一场雨。

那是夏天的一个中午，刚失去工作的我徘徊在东莞桥头镇的一个工业区，在一家又一家工厂的招聘栏前逗留、寻觅，然而一次次地失望。

正当我垂头丧气的时候，天空不知什么时候奔来几朵乌云，不一会儿下起大雨来。路上的行人纷纷躲到旁边的屋檐下，只有我仍然不紧不慢地走着……当然，不是不怕雨淋，而是觉得自己的心情太烦躁了，需要雨水的浇灌与洗刷。

"连一个普工的职位都难以找到，怎么这么差劲、没出息呢？以后怎么办？"一想到以后，我痛苦地闭上眼睛，仰天长叹了一声！这时，从身后飘来一把黄伞像一朵花一样开在我的头顶，挡住了雨滴。我诧异地转过脸，只见站在身后的是一个胖乎乎的笑意写在脸上的女孩。"你是……？"我以为她是一个自己不认识，但她却熟悉自己的人。"我是叶子，在迅达厂上班。"女孩飞快地看了我一眼，羞涩地一笑，又问："你呢？干吗不爱惜自己，要淋雨？会生病的。""我……我……"面对她充满善意的忽闪忽闪的水灵灵的大眼睛，我的脸一红，声音低低地说，"我没事做，正在找厂。"

这个叫叶子的女孩不作声了，默默地跟上前与我并排，走着走着，她忽然说，"要不，你去我的出租屋把衣服烤干吧！工作可以慢慢找，但如果生病了，即使找到工作也干不了嘛！"我想不去，但又无法拒绝她的一番好意。

她的租房不大，但却干净、整洁，靠窗的位置摆了一张小木桌，上面堆着好多厚厚的文学书籍和一些报刊，看得出来，她是个有文化素养的人。过了一会儿，叶子从箱子里翻出一套皱巴巴、看上去还很新的衣服，在我眼前晃了晃说，"这是我前男友留下的，现在刚好派上了用场，快去卫生间换上。"

换好衣服出来，叶子让我坐下看看书，她把我脱下来的那些湿透了的脏衣服一股脑儿丢进塑料水桶里，搓洗起来。看样子，她一时半会不打算让我走呢！等她洗完衣服做好晚饭，那本《燃烧的激情》我已看了一半。吃饭的时候，叶子一个劲地往我碗里夹菜，不时用温柔的眼光看着我，这多少让我有些感动，于是忍不住地问："你为什么对我这么好，能告诉我原因吗？"

"这对你来说，重要吗？"叶子调皮地反问。

"当然重要。因为从来没有女孩对我这样好过，我要把你永远永远都记在心里。"我认真、动情、激动地说。

哪知，这时叶子变了个人似的，哽咽地说，"既然你真要知道，那我只好告诉你，你很像我以前的男友，他在一次执行任务中遭遇了不幸。"

瞬间，我明白了：自己之所以受到这么好的礼遇，只因为做了个爱情的影子。我觉得自己受了很大羞辱似的，闹着要走，却被叶子拉住了，她说，"留下来陪我一段时间，行吗？因为他生前尽为我付出，而我没有尽到一点责任，如果你留下让我照顾，也算了结了我的一个心愿。"望着叶子乞求的目光，我的心软了，点头同意。

晚上睡觉的时候，叶子竟然闹着要把她的身子给我，我坚决不肯,在地上搭了个铺。我对她说,自己现在要什么没什么,根本负不起任何责任,怕到时伤害了她。她那么聪明的人,自然听出我话中有话,不再勉强。

后来,在叶子的帮助下,我幸运地进入迅达厂当员工。叶子当她朋友、老乡的面,介绍说我是她的男朋友,而我却从不承认。不过,叶子不但没有跟我计较,而且对我更好了。她当小组长,在厂里吃干部餐,饭菜的质量比员工餐好些,吃饭的时候,她总把自己的那一份分一半给我;下班回家,她抢着洗衣服、做饭,家务活一点也不让我插手,好像不知累似的。

我知道,叶子想用实际行动来感化我。她越是这样,我越假装对她若即若离,无所谓的态度。这样子过了半年,渐渐地,我发现自己真的喜欢上了叶子。可还没等我来得及向叶子表白心迹,有一天她边收拾东西边幽幽地对我说:"我妈在老家帮我订了一门亲,我离开这儿可能不出来了……"

那一刻,我觉得自己的心都碎了,但还是掩饰住内心的慌乱、不安和痛苦,装出洒脱的样儿伸出手和叶子握了握,说,"祝福你!"其时,我分明地看到一丝淡淡的忧伤从叶子的脸上掠过。而转过身,我自己也是泪流满面,那些泪水流进嘴里,分不清是苦还是咸。

叶子走后的两个星期,我收到了她从老家寄来的信,她在信中说:"其实,我只是跟你开了个玩笑,除了你之外,我没有交过别的男朋友。那身衣服,是我的厂服,因为太大我才把它放进箱底,没有穿!那天是我十八岁的生日,我也想学小说里的女主人翁那样浪漫一回,你出现在雨幕中忧伤、孤寂的一幕恰好映入了我的视线,也深深憾动了我的心,于是,我主动接近、了解你,可是哪知你却一点儿也不解风情……走的那天,我多么希望你说一声，'我爱你，你留下来吧！'可是你没有，如果你说了，我真的会不顾一切地为你留下的。"

读完叶子的信，我狠狠地抽了自己几巴掌，恨自己当初为何那么傻，错失了一段美丽的情缘。其实，叶子啊，我是真的爱过你的啊！

时隔多年，我仍然会不自觉地想起那段错失在桥头镇的恋情。叶子啊！如果能，今生我愿化作莲湖边的一棵小草，痴痴地守候你误时的花期。

玫瑰爱情

那天清晨，白小姐还赖在被窝里，经理就来电话说才想起今天是情人节，通知她不用上班，在家里等候男士的玫瑰吧！本来，她想与经理说自己即无异性朋友又没情人，这假放不放意义都不大，但话到嘴边又给咽了回去。

平日里忙惯了，一旦从那种紧张的有节奏感的生活旋律中静下来，白小姐整个人反倒不自在了：坐不是，站不是，躺下也不是，看电视又提不起兴趣……百无聊赖地，她出了门，朝一家经常路过但却不熟悉的酒吧走去。

正穿过一条小巷的时候，一个卖花的男孩迎了上来，"小姐，买束玫瑰吧！瞧，多么娇嫩的花，你男朋友肯定喜欢。"

望着男孩手中晃动着的那束鲜艳欲滴的红玫瑰，白小姐不由得放慢步子，几乎说服自己从花篮里挑一束，可到最后，她还是冲男孩歉意地笑了笑，"对不起，我现在还没有男朋友呢！""怎么会呢！你这么靓还没人追？"卖花的男孩看了她一眼，接着说，"要不，买一束送给自己吧！刚才就有位先生要了一束说是送给自己的。"男孩这么一说，白小姐感到耳目一新，高兴地付钱买了大大的一束玫瑰花。

人面玫瑰相映红，此刻，白小姐的心情也由阴转晴，出奇地好。

又往前走了一会儿，便到了那家酒吧的门口，刚要往里迈，哪知门卫意外地挡住了她:"不好意思,小姐,今天的客人特别多,我们酒吧的客座、包厢都已满了,空着的也有人预订了。""噢,这么不巧啊!"白小姐自言自语,便不情愿地转过身,正要离去,耳边却响起一个熟悉的声音:"能否赏脸与我共度这个充满温馨而浪漫的日子?"此时的他怀抱着一束玫瑰,脸上挂着灿烂的微笑,站在门口做了个优美的邀请的姿势。

"是巧合,还是上天的刻意安排?"太意外了,白小姐的心有些慌乱,也有些犹豫,但一看到经理那一双充满真诚和期盼的眼睛,不由地心一动,微笑着大方地走了进去。

在 16 号雅间落座,经理感慨地道:"我原以为今年又是一个人过没有情人的情人节,没想到遇上了你……"白小姐摆弄手中的玫瑰不出声,心里却想着灰姑娘和白马王子的童话故事。这时,经理开始注意到她手中的玫瑰,忍不住地问:"是别人送的,还是准备送人的?"白小姐如实说自己因忙于工作,二十八岁了仍然独身,哪有什么人送花,还不是自己买给自己。经理听了很高兴,"看来我们是半斤对八两,彼此彼此! 看,我刚才也给自己买了束玫瑰! "

过了一会儿,服务生送来两杯红酒,白小姐端起高脚的玻璃酒杯和经理对碰了一下,便轻呷一口。经理看着脸蛋透红的她说:"要不,我俩也像那些小青年一样,把玫瑰互换一下,增添点浪漫温馨热烈的气氛。"白小姐羞涩地点点头。

玫瑰是爱情之花,而爱情的最后故事是花好月圆。一年后,白小姐成了经理怀中幸福的新娘。

差点握不住你的手

我冒雨沿着马路边漫无目的走着，心绪像一团乱麻。父亲的来信让我感到十分内疚，病入膏肓的爷爷竟然惦记我还没有找到媳妇，他最大的愿望是能在有生之年看上未来的孙媳妇一眼，哪怕只是张小小的照片……这让我很为难，身处异乡的我根本没条件，哪个丫头会看上什么都没有又什么都不是的我呢？

不知什么时候，一个穿红色风衣的女孩出现在我的身旁，撑一把精致的花雨伞，为我遮挡住纷飞的细雨。

"看你心事重重的，是不是遇到困难了，能告诉我吗？"女孩试探性地问。

"没有。"或许出于掩饰内心的不安，我撒了谎。

"干吗死要面子。说出来，也许本小姐可以帮得上忙。"女孩不依不饶。

拗不过她，我只好实情相告，待我说明原委，她一本正经地问："是不是为未能了却爷爷的心愿而伤心，为没有女朋友独自伤感？"

她的话直来直去气得我转身就走。没料到她抢先一步挡住我的去路，调皮地做着鬼脸："就这样逃跑了吗？"

真让人感到气愤，我握紧拳头，大声地吼道："你想怎样？"

"帮你，我们现在就去照相馆，难道我做你女朋友还不配么？"女孩不容分说主动向前挽起我的手臂，俨然像对情侣。

她好心要帮我，原来自己误解了女孩。不过，我很快拒绝了这份好意，觉得即使没有女朋友也不能气短，怎能拿一张假合影蒙骗爷爷呢？

几天以后，我闲着没事出门散心，哪知冤家路窄，没走几步竟然又碰到了那个女孩，我冲她笑了笑，算是打过招呼了。

见了我，女孩显得很高兴，几步奔跑过来。她说一直在这里等，想问我有没有改变主意。

看女孩一脸真诚，我感动了，心想：反正她自愿的，不管是一次性朋友还是永久的朋友，让爷爷看到照片才是最现实的。

从照相馆出来，快分手的时候，我感激地说："你真好，有你这样靓的'孙媳妇'，我爷爷肯定心满意足。"

"不用客气啦！"她一边说一边摆弄着双手。女孩的纤纤小手白里透红的皮肤嫩嫩的光滑而细腻……那一瞬，我真想握住这双手，永远不松开。

"能告诉我你的芳名吗？"我忍不住地问。女孩抿嘴一笑，她说帮我并不希望我记住她的名字，她说自己能理解老人们的心。我听后有些失望，却不灰心，忽然计上心来，连忙抓住她的手，把一张写有"我爱你"三个字的名片塞进她的掌心上。

可是，还没等到女孩的片言只语，金融危机席卷全球，我们工厂倒闭了，我决定要离开这个熟悉的城市另寻出路。

离开的前一天，我鬼使神差般来到当初认识女孩的地方，沿着树木成荫的马路追忆往事，触景生情。

"嗨，是你！"熟悉的声音像一支兴奋剂使我精神振奋，眼前一亮，站在面前的不正是朝思暮想、牵肠挂肚的女孩么？莫非在梦中，我不相信地揉揉眼睛。原以为自己跟她注定只是人群中来往匆匆的过客，再没有相见的机会，只能把她最初的纯真与美丽收藏在心底,留做记忆,没想到我俩又一次不期而遇。

女孩向我解释了她不联系的理由,是因为父母不同意她跟一个没有前途的外来打工仔交往,但她会时常来这儿看看,因为这里有她和一个男孩雨天留下的足迹,她忘不了。

我从钱包里掏出火车票给她看,激动地说:"若不是我临时改变主意,来这儿作最后的告别,恐怕我俩以后再没见面的机会了。

她没有说话,羞红着脸。时光似乎静止了,我觉得因为满载幸福,自己的心似乎要从胸口跳出来……

"亲爱的,我爱你!"她的声音温柔如水,轻拂如风。这时,从天边飘来一朵云彩恰好经过女孩的头顶,霞光给她披上了一层五彩缤纷的薄纱。

我丢掉了手中的车票,告诉她自己要留下来,要为她也为自己创造一个美好的未来……她扑进我的怀抱,乖得像只小猫,任我紧紧地握住她的双手。

到世界尽头忘记你

"亲爱的,不要再爱我,不要再让我泪流满面地回头。"

收到杜蕾蕾的这条短信,我心里失落极了,想逃避现实,躲到让她看不见自己的地方,可是我能去哪儿呢?在家无聊地上网时,一条旅游公司的广告跳出页面吸引了我,于是点击进入了它的官网,"2016南极之旅现在接受预约"一行字烫伤了我的眼睛。

我为之一振,马上拿起电话,拨了过去。对方却告诉我,这条线路已经满员了,但她还是礼貌地留下了我的电话,告诉我如果有机会,会通知我。

激动过后,我平静了,因为照她的说法,肯定是去不成的了。可是,几天后的一个晚上,我忽然接到旅游公司客服打来的电话,告诉我还有一个名额,因为前面订票的游客中,有一个人受伤了不能参加。

一切的一切都是那么的迅速,甚至让我怀疑是不是在做梦。半个月后,我从北京飞抵阿根廷。去南极的游轮一般都从阿根廷走,当然也可以从新西兰或澳大利亚走,但是从路途考虑,从阿根廷走不失为上上之策。阿根廷的火地岛,又称乌斯怀亚,是世界最南端的城市,那里的海港,停泊着所有前往南极的游轮,一段不一样的旅程开始了。

游轮缓缓地驶离海港,向着南极开去,向着世界的尽头,我梦想的地方开去。在游轮上,我长了一个中国人的胃,对法式大餐根本吃不惯,那些芝士、熏肉什么的一口都吃不下,只胡乱吃了点水果和白米饭,就回房间了。

静静地躺在床上,我不知道要干什么,或许现在唯一能做的,只有等待,尽管等待着什么,自己并不知道。

半夜里,明显感觉到游轮在摇晃,我一看手表,深夜两点多,肚子饿得咕咕叫,我才想起晚餐仅吃了很少的一点东西。于是打开房门,摇摇晃晃地走出去,上了五楼船尾的休闲吧,只有那里是 24 小时营业的,却也没有乘客,因为大部分人都在晕船。我要了一杯热牛奶、一个面包和一个三明治,静静地坐下来,边吃边听着那个金发碧眼的钢琴师弹奏的音乐。

一会儿,钢琴师向我招手:"嗨,来吧,来吧,我来为你弹奏一曲。"我走过去,和她一起坐在琴凳上,闭上眼睛,听着流水般的琴声从她指尖流淌而出,温柔地缠绕着,我心醉了……

我一边听琴一边等待着天明。不知过了多长时间,海面趋于平静。当第一座冰山出现,成群的海鸟在甲板上停留,海面上的浮冰越来越多的时候,我知道,南极就在眼前了。我内心疯狂地想要打电话。游轮上有卫星电话,5 欧元一分钟,无论接通与否,在号码拨出去的第一秒就开始计费。

我回到房间,拿起话筒,颤抖地拨出一串数字,我屏住呼吸等待,电话通了,一个没有温度的声音传来:"喂……"

"是我!"泪水滑出了我的眼眶,哽咽之中,我无法言语。

"你,现在哪里?"

"离你很远的地方,南极!"

"我,正在外出差呢!"杜蕾蕾沉默起来,过了好久好久,她的声音再次响起:"其实,我一直在等你!"

我将脸上的泪水擦掉,问:"永远吗?"

这时，信号突然受到干扰，杜蕾蕾的声音掺杂着沙沙的电流声，我根本听不清楚，只得无奈地挂断了电话。

游轮最终停靠在南极洲的洛克港，那里有一个英国的邮局，那是世界尽头的邮局。我买了一张明信片，写下"永远再见"寄给杜蕾蕾。

其实，多数时候就是这样，相见不如怀念。

寻　找

老人和儿童成了村庄的主角，年轻人都到外边打工挣钱去了。我也想出去,可我失去了一条左臂,外出打工能行吗?

左臂是怎么失去的呢?这事儿和彩云有关。高二那年,我和彩云走在放学回家的路上,经过石山岭的时候,她不小心踩到了蛇,这条蛇又顺势缠住了她的大腿。那时,我做了一件后悔终生的事情,我把蛇从彩云大腿上拉开的时候,手臂却不幸被蛇咬了。

经过医生的一番抢救,我保住了生命却失去了左手臂。

彩云的父母把家里犁地的老水牛卖了,和我们家平摊了医药费。两个贫穷的家庭,从此雪上加霜,我和彩云自然没法再去上学了。

那段时间,父母愁得不行,说家里穷,我变成了这样,怕是以后连老婆都找不到了,这是要绝后的迹象啊!彩云听了,说:"叔叔婶娘,你们别急,我嫁给他。"

彩云说话算数,自个儿搬进了我家,做了我的老婆。我们的日子安安稳稳的,春天的时候,平整好田地,撒下水稻种子,培育秧苗,然后插秧、施肥、除草,到了夏季的时候收获;秋天的时候,我们种萝卜、芹菜、大白菜,自给自足之外,还能到镇上去卖些。

和我在一起的时间长后,彩云脸上的笑容慢慢少了,我时常来到空旷的田野,躺在稻草垛上想心思:外面的世界一定很精彩,彩云那么年轻,那么聪慧,那么娇艳,若是离开我,从这穷乡僻壤走出去,肯定会有一番不一样的人生。可若是彩云真的离去,我自己该怎么办?这似乎又是一个很现实的问题。

彩云的一个同学从外边打工回来,特意过来看望了她。那个同学临走前一边摇头一边叹息,说彩云已经与外界脱节了,硬是将自己的手机留了下来。

手机成了彩云的最爱。除了上网卖自家地里产的一些农产品,更多的时候,彩云是在和同学及形形色色的网友聊天。尽管我不愿意彩云玩手机,但见她高兴,便由着她。

那天早晨,我俩从地里起好萝卜、白菜,一一码到三轮车上,彩云开着三轮车载着我来到镇上的菜市场摆卖,事先没有任何征兆,我们把萝卜和白菜卖光了。卖了不到三百块钱,加上之前卖的几次,大概挣了八百多。

我俩在一家小餐馆吃完面条出来,彩云望了几眼手机,说道:"你在这里等一会,我想去商场买件毛衣。"

"去吧!"我故意很大方,心里还是蛮心疼钱的。

我在三轮车上一觉睡到下午,也没见彩云回来,就有些担心了,找路边的店铺借了电话打彩云的手机,语音提示关机。我越加不放心,就去商场找彩云,但找来找去,都没见到她的人影儿,急得团团转的我只好去到派出所报案。

我把经过向警察陈述了一遍:"我老婆丢了,她早上跟我一起卖完菜,说去商场买衣服,然后就没有回来了。"

那个年轻的警察意味深长地看了我一眼,笑着说:"会网友去了吧?"旁边的警察跟着笑起来。看他们的样子,这种事肯定是见多了。

"坏人多得去了,彩云不会是遇上人贩子了吧?我把她弄丢了,该怎么办?"隔着办事窗口的玻璃,我喃喃自语,眼泪不争气地掉下来。

　　"那我给你查一下吧!"年轻警察可能动了侧隐之心,问了我彩云的姓名和身份证号码,摆弄起电脑来。

　　也就一两分钟,他冲我说:"你老婆在喜来旅馆,你别愣在这儿了,还不快去……"接着,年轻警察用手捂住了嘴巴,没有往下说了。

　　"怎么会这样?"我眼冒金星,垂头丧气地走出派出所。

　　可我不准备去找彩云了,她有追求自由和幸福的权利,何必跟着我这个残废吃苦受累呢! 我深一脚浅一脚地来到三轮车旁,想推上三轮车走回家,却意外地看到彩云蹲在一侧哭泣。

　　我赶紧过去问她怎么回事,彩云说今天在商场里准备埋单的时候,发现钱包、手机都不见了,怕我骂她,一直不敢回来见我。

　　真的是这样吗?我有些不相信。我让彩云发动三轮车,载着我又去到派出所,我跟年轻警察说住喜来旅馆的那个女人不是我老婆。

　　"那奇怪了。"年轻警察说了句,就和几个同事开着警车走了。

　　半个小时后,他们带回了一男一女,年轻警察看了我一眼,有些不好意思地将一张身份证还给了彩云。

鸿福路口

那个下午，我刚来到南城区鸿福路口站岗，天空突然下起小雨，一个红衣裙的摩登女郎一边讲电话一边置我的劝阻于不顾，红灯时像跳芭蕾一样在车流中间穿梭，危机四伏，让人揪心。

果不然，随后我就听到一声刺耳的长长刹车声，只见红衣女郎被一辆银灰色小轿车撞倒在地。幸好这时路口黄灯闪烁，接着亮起红灯，否则，定会有滚滚车轮从她的身体飞过，即使她有九条命都不够用。

危急关头，我冲过去，把红衣女郎移到安全地带。正当我盘算着要不要打"120"时，她的腿抖动了几下，然后一下子从地上爬起来，估计刚才只是被及时刹住的小轿车轻"吻"了一下后，吓晕了过去，现在缓过神来了。

红衣女郎连句客气话都没说，拍拍身上的尘土欲离去，却被小轿车司机拦下来："你自己不要命，也不要坑我啊？你当交警大哥的面说清楚，为什么闯红灯？"

红衣女郎用求助的眼神看着我，我别过头去，因为这个问题也正是我想要知道的。

沉默了一阵，红衣女郎无可奈何地分别指了指路口前后的两幢高楼，红着脸道："我在这边商场上班，男朋友在那边的酒店上班，他催我快点去他那里吃饭，所以我过路口急了些，当时根本没考虑冲红灯的后果。"

小轿车司机恨得牙痒痒,向红衣女郎扬起了巴掌。不过,他瞟了我一眼,又悄悄将巴掌放了下去。

这个时候,作为执法人员的我本应该拿出应有的威严好好地教育批评红衣女郎一番,可是我着迷地看着她迷人的脸蛋,说出了让自己也感到吃惊的话:"你能确定他真心爱你吗?"潜意识里,要是她是我的女朋友,自己肯定会千叮咛万嘱咐,让她过马路注意安全,哪怕再急也一定要等到绿灯才能通行。

红衣女郎用力甩开小轿车司机的手,微微一笑,不服气地冲我说:"虽然你不可理喻,但姐大难不死这会儿心情极佳,就好好满足一回你的好奇心。姐可把他叫过来,你自己问问他到底爱我有多深?"说罢,她极目远眺,可马路对面早已没有他的踪影。

"他可能有事等不及先走了?"红衣女郎见不能自圆其说,急得团团转,一边自说自的,一边掏手机。

小轿车司机冷不丁插上一句:"那小子见你被车撞了,怕是想置身事外,跑了躲起来了吧?"

"就你能耐,不说话没人当你哑巴。"我凶了小轿车司机一句,尔后对红衣女郎说:"这个电话由我来帮你打,爱与不爱答案立即揭晓。"

红衣女郎想了一下,点点头,把男朋友的手机号码报出来。

我用自己的手机打过去,说,"您好,我是交警这边的工作人员,你女朋友刚才违规横穿马路,一不小心被车撞了,请您马上来协助处理。"

一个稚嫩的男生怯生生地问:"警察叔叔,她伤势严重吗?需要花很多钱去治吗?"

我回答:"现在还不清楚,不过,以我的经验判断,就算将来治好了,腿部很有可能会落下残疾,估计治疗费得要个十万、八万的。"

他无力地"哦"了一声,匆匆挂掉了电话。

过了十多分钟,还不见他来,我再打过去,听到车轮转动的声音,我问他这会儿是不是在车上,他老实地说是,并让我转告红衣女郎他回老家了。末了,他补充道:您也别怪我无情,跟您说实话,我和她是在网上认识的,还不到一个月,我对她的感情远没有深到要为她付出自己后半生幸福的地步。

我违心地说理解、理解,结束通话后却冲着手机大吼:"缺德的东西,什么玩意。"

我俩的两次简短对话,红衣女郎全听得一清二楚,她哭得一塌糊涂。一些围观的好事的市民摇着头,一个个悄悄离去。

"别哭了,哭有什么用? 旧的不去,新的不来嘛! 关键是不要看走眼,嘿嘿! "司机说完,问我下班后有没有空,他想请我和红衣女郎一起吃个饭,给她压压惊。

见红衣女郎没有要拒绝的意思,我索性就点点头,然后补充:"不过,单得由我买。"我这是醉翁之意不在酒啊!

吃了饭回去,我倒在床上,美美地做了个梦:红衣女郎带着一束火红的玫瑰在几个好姐妹的陪同下,缓缓来到鸿福路口,说我就是她心目中的男神,好喜欢我……周围是一片羡慕的眼光。

梦中太美好的事物往往不会成真的。所以,我心里有些不安起来。

再次见到红衣女郎,也是鸿福路口,她披件长长的粉红婚衫在小轿车司机的陪同下来路口拍照。看到我,她显得很兴奋,欢快地过来说了很多感谢的话,走的时候丢给我一张请柬,说是请我一定赏光。

我仿佛有点被小轿车司机耍了似的,让他捷足先登。

"缘"来如此

末末大学毕业后，只身一人来到南方都市寻找梦想。她先是在一家鲜花店卖花，熟知整个运作流程后，就炒了老板鱿鱼，自立门户。

出生农家的孩子吃苦耐劳、精打细算、诚实守信等诸多优良品质与生俱来，几年时间，末末便将鲜花店的生意做得风生水起。虽然有了事业，可末末却发现自己同时也失去了许多，眼看大学时期的女同学大多已嫁作人妇，周围的朋友也一个个步入婚姻殿堂，自己仍形单影只，空闲时内心难免生出许多寂寞和空虚。然而，爱情这东西，是可遇不可求的。

大学时期，末末和浩东有过那么一段爱情浪漫史。因为浩东的处处关爱、照顾，那段青涩青春岁月里，末末整天沉醉在一种幸福、快乐的氛围里，直至大学毕业的前夕，要好的女同学告诉她浩东和某位有权势的校领导千金订婚的消息，才从甜蜜梦中惊醒。浩东为了工作，将什么海誓山盟、坚贞不渝，早忘了个一干二净。伤心过后，末末选择了坚强。"留校任教又怎样？还不是朝九晚五，靠一份工资讨生活。"每当这样一想，末末心里才会感到好受些。

日子不紧不慢地走过，美丽姑娘与艳丽花朵相映红，成为街道最靓的一道风景。

这天，花店来了位年轻顾客，最名贵的几款鲜花二话没说直接买下,这多少让末末有些意外,因为从衣着打扮来看,顾客既不时尚也不太像有钱的阔大佬。于是,末末问了句:"先生,你不询问价格也不还价,不怕买贵了吗?""美女,你曾经花一百块钱买了我一块钱的报纸呢!这鲜花,就算贵了,我也认。"接着,顾客补充:"呵呵,可是你不会贵卖的,不是吗?"听顾客这么一说,末末想起来了:大约一年前,自己到舞厅跳舞返回时,路过一个报刊摊位,由于没有零票顺手掏出百元大钞买份价值一元的《城市晚报》,却被对方告知没有零钱找,让她拿去看,不要给钱了。当时,她想对方卖报纸小本小利不容易,坚持把一百元给了对方。

浩渺、繁华的城市里,四处都是匆忙的脚步,能够再次相遇,算是有缘了。末末内心深处不由地感到一阵温暖。顾客小心翼翼地把鲜花从花店搬进海马轿车的后备箱,然后钻进驾驶室摇下窗户,用热辣辣的眼眸深情地凝望了站在花店门口挥手的末末一眼,驾车消失在街的尽头。

往后一段时间,末末时不时地看到那个年轻顾客坐在离自己花店不远的台阶上看报纸或者读杂志。"多么爱好读书看报的一个人。"末末由衷赞叹,询问他为什么总要在自己的花店旁边读书看报?他解释说特别喜欢这里的环境。相处时间长了,两人熟络起来,末末知道他叫阿成,以前卖报纸,现在是某报的发行代理商,两人互相交换了电话号码,后来成了无话不说的朋友。

工作之余,末末爱好跳舞。有一次在舞厅出了点小插曲,因不小心踩到了一个长发男子的脚,长发男子以为女孩好欺负,竟然提出要两百块赔偿的无理要求。末末当然咽不下这口恶气,发手机短信息向阿成求救,可等了十来分钟也不见阿成回应。末末有些失望了,抱着试试看的心态,打电话给阿成……接到末末的求救电话,阿成马上叫上几个哥们很快就来了,长发男子见末末请来了帮手,吓得从后门开溜了。

阿成替自己解了围，末末很开心。可有一个疑团却没有解开,于是她忍不住地问阿成:"我之前发了条短信给你,难道你没看见吗?""短信?"阿成的一个哥们哈哈大笑起来,说,"他大字不识一个,是个地地道道的文盲,文盲怎么识短信的内容,你呀后来打电话算是对了!"

"阿成不识字?是不是真的啊?之前,我曾亲眼见他看报纸和杂志的呢?"末末一脸疑惑。阿成低着头小声地说:"是真的,我父亲死得早,自小家里穷上不起学,不识字。对不起,我太自私了,为了能天天看见你,就假装……"

末末用手捂住了阿成的嘴,然后情不自禁地紧紧拥住了他。

那双美丽的眼睛

那时候,还是新兵蛋子的我因射击练习打出了好成绩,连长格外恩准我外出参观向往已久的天安门。没想到,因此意外认识了一位叫巷子的日本女孩,虽然我们只相处了短短一天,但彼此间产生的深情厚谊却终生难忘。

登上公共汽车,找了个靠窗的位置坐下来,望着窗外一闪而过的景物,我陷入了无限的遐想之中。等回过神,却发觉身边多了个背大背包的女孩,和我年纪相仿,长得出奇的美,我不由得多看了她几眼。当时正是春寒料峭的天气,女孩的额头却不断地淌汗,可见她背上的分量不轻。车上没有一个空位置,我的一身橄榄绿在提醒自己,于是只好站起来让座。她有些吃惊,好像不相信似的,然后粲然一笑,用生硬的普通话费劲地说了声"谢谢",便不客气地坐下去。

简直是在糟蹋中国语言,连基本日常用语也讲不标准,她到底是何方人氏?我在猜测的时候,她抽出个笔记本,沙沙写着什么?不大一会,扯下张纸条给我,只见上面写道:谢谢您给我让座,中国军人。记得我出发时,周围的人告诉,因为我们国家侵略过中国,所以他们对日本人一直持仇视、敌对态度,劝我一个人不要去,可一到中国,我就深深体会事实不像他们想象的那样,中国人的热情、善良、大度、热爱和平给我留下了深刻的印象。她最后写道:不好意思,虽然我学过中文,但讲不好。

原来是日本人。我想起南京大屠杀的血腥场面，气不打一处来，极是后悔让座。

汽车一路前行，很快到了终点站。下车后，我只顾埋头往前走，冷不丁，女孩挡在我面前，叽叽喳喳说了一长串谁也听不懂的鸟语。对她已然厌恶的我不耐其烦，朝她挥挥手，表示爱莫能助。我听不懂话，她着急起来，只得又掏出本子和笔把要表达的意思写出来，闹了半天，原来她是问我去北京天安门的路怎么走。我笑了，恶作剧地告诉她：往前走，左拐，前一路口再拐就到了。她接过后认真看了一遍，嘴里连声说，谢谢。我骂道，傻瓜，骗你还谢。我心里得意扬扬。

十分钟后，天安门城楼横在我眼前。站在古色古香，气势恢宏的雄伟城楼上，一种自豪感油然而生，为了记住这具有纪念意义的一天，我办了张"登城证"。哪知付款时，却发现随身携带的提包不见了，这才忆起女孩问路的时候，我因不方便写字而把包交给她了。

天啦！包里有我全部家当——几个月的津贴费呀！身上一块铜板都没留，难道还要走路回去不成？抱着试试看的心态，我转身朝与女孩分手的地方走去……谢天谢地，她仍旧在原地，肩上的背包已不知什么时候卸下来，她左盼右顾，一副着急的样子，手中分明举着我的提包。

拿着失而复得的包，我心里不是滋味，脸红得厉害，恨自己当初不该门缝里看人，更不该用假地址捉弄她。有了这段小插曲，我对她的态度有所改观，自然而然成了女孩参观天安门的向导。经过一段时间的接触，我惊喜地发现，语言不通并不能阻挡真诚的微笑与年轻的心相碰产生的那份美好。我们相处极为融洽、愉快，有时她牵着我的手在偌大的广场跑啊跑，有时她又像个孩子般把自己置放我的怀抱,任我拥着,乖极了。

不知不觉中,天黑了,我必须及时赶回部队。女孩递过一张纸条来,问我的联系方式,我想起现役军人不能与外国人联络的纪律条例,使劲地摇摇头。此时,我看见两行清泪从她眼角溢出。她飞快地在本子上写道:我为在茫茫尘世中认识你这样一位异国朋友而感到自豪,记住:从今往后,不管距离多么遥远,不管相隔的时间有多长,风中总有一双关注你的眼睛。她将字条连同一串紫风铃一同送给我。

后来,一直没有女孩的音信,但我却忍不住时常看她留下的字条和那串紫风铃,想她的时候,就觉得户外起了风,有一双美丽的眼睛从风中看过来——那是巷子的多情的眼眸。

暗　战

　　刚结婚那会,乐乐一回到家,肖梅就像涂了胶水一样往他身上黏,嘘寒问暖,关怀备至,床上更是风情万种。然而,儿子出生后,肖梅变了,脸上老留着一张别人的欠账单。

　　哪里有压迫,哪里就有反抗。乐乐和肖梅的关系日益紧张起来。一次,肖梅没事找事,斥责乐乐给乔迁新居的朋友随礼竟然没有事先让她知道,厉声质问他从哪里来的钱。乐乐被她吵得心烦,气极了,扇了她一巴掌。

　　挨揍后,肖梅不甘示弱,抄起菜刀……接下来,乐乐住进了医院。

　　树怕削皮,人怕伤心。出院后,乐乐第一件事就是向肖梅提出离婚。肖梅一脸不屑,波澜不惊的样子,说:"离婚可以,儿子跟我,房子归我。同意了,马上去办手续。"乐乐心里放不下儿子,离婚的事因此不了了之。

　　连续半年,乐乐都不拿正眼看肖梅,很少和她说话,他要用"无声胜有声"的战术和她较量。这样一来,肖梅慌了手脚,以前那种不可一世的作风收敛了不少。

　　可好景不长,肖梅又以乐乐在外面有了别的女人为由,再挑事端。这娘们天生就是一块搞斗争的料,她不仅闹到乐乐的单位,还到县政府上过访。

　　一时间,乐乐仿佛真成了现代版的"陈世美",众议纷纷。乐

全民微阅读系列

乐一气之下辞职去了南方。

经过几年的努力打拼，乐乐在南方闯出了一番事业，开了家塑胶制品厂，成了资产过千万的大老板。其间，乐乐与同自己一起创业的湘妹子玲玲发展成男女朋友，并同居了。玲玲为了牢牢地拴住乐乐的人和心，怀上小孩后，提出结婚的要求。

玲玲年轻貌美，心地善良，温柔体贴，乐乐何尝不想早一点与她喜结连理，白头偕老？然而，他心知肚明，以自己已婚人士的尴尬身份，哪有资格结婚。于是，他又一次想到了离婚。

乐乐以出差为借口，瞒着玲玲回到老家，住进县城最豪华的宾馆。为了便于离婚，消除肖梅的"疑惑"，乐乐顿生一计，打发宾馆的服务员购买了几套廉价衣服和一个土得掉渣的背包，把自己装扮成活生生的返乡民工。

肖梅见到乐乐，果然吃惊不小，她满脸狐疑地问："你不是在外面当大老板吗？怎么弄成这副寒酸样？"乐乐故意长长叹了口气，说："当什么老板，我是好面子，自己往脸上贴金呢。其实，我一直在工厂打工，工资不高，生活得很不如意。"

这时，已上小学四年级的儿子回来了，不等乐乐跟他打招呼，他主动问道："叔叔，你是谁，我怎么从来没见过你啊？"不知出于什么原因，肖梅接过话头竟然称乐乐是来抢修下水道的工人。

这些年虽然没有回过家，但每月都往家里寄钱，没有功劳总有苦劳，肖梅当着儿子的面这样羞辱自己，乐乐的心顿时凉了半截。

愤怒的乐乐上前拉住肖梅的手，把她拖到走廊上，"我们离婚"几个字脱口而出。

"离就离，谁怕谁。还是那句老话，儿子归我，房子归我。"肖梅说得斩钉截铁。

隔天，步入民政局婚姻登记处办事厅大门时，乐乐心里沉甸甸的，停下脚步，转过脸问肖梅：看在儿子的份上，我们之间能不能就此打住？

透过办事厅大门玻璃窗，肖梅望着台阶下面一辆小轿车里朝她挥手做鬼脸的男人，用力地摇摇头。

肖梅如愿以偿地得到了想要的一切，只是乐乐主动提出每月要多支付儿子两千块生活费时，她感到有些意外。

不知出于对乐乐的关心还是胜利者的姿态，肖梅随意说了句："你什么都没有了，何必自讨苦吃呢？我们的婚姻从一开始就是错的，我利用了你，那人是我们医院副院长，结婚前我就怀上了他的孩子，现在我可以明白地告诉你，儿子并不是你亲生的。"

然后，肖梅很有风度地和脸已胀成猪肝色的乐乐握了握手，径直走向小轿车。戴眼镜的男子打开车窗使劲晃动手中的报纸，问："你真的这么快把婚离了？"她无比激动地答道："离了，不正合你意吗？"

眼镜男狠狠地把报纸摔到地上，情绪失控地叫了起来："你这个大傻瓜，人家现在成大老板了，资产过千万，有的是钱，你都得到了什么？"

捡起报纸一看，刚才还喜形于色的肖梅一下子呆住了。

转　折

　　惠凤与程都未是同一天到红墙公司策划部工作的。惠凤是个美人胚子，简直就是范冰冰的翻版。也许是年纪相仿的缘故，在策划部，惠凤和程都未的关系最为密切，就连她看他的眼神，都充满柔情蜜意。

　　程都未也从不否认对惠凤的好感，可由于"兔子不吃窝边草"的思想作怪，他不敢投桃报李。策划部的李部长可不这么想，他对美貌的惠凤垂涎欲滴，千方百计地讨好她，时不时地借工作之便对她动手动脚。

　　有一次，惠凤从李部长办公室出来时衣衫不整，眼睛红红的，像是刚哭过，程都未心疼极了，恨不得冲进李部长办公室给他一顿拳脚，但最后还是忍住了。程都未想，如果一时冲动打了李部长，那自己的工作保不住不说，说不定还有连累惠凤被炒鱿鱼的可能。

　　夏季的一个晚上，正准备上床就寝的程都未忽然想起有个客户急需的广告宣传方案还没做完，于是又爬起来穿好衣服，急急忙忙赶去加班。

　　办公室里还亮着灯，程都未刚推门进去，就看到李部长赤身裸体地把惠凤压在办公桌上，拼命地拉扯她的裙子，而惠凤则一边拼命反抗，一边哀求李部长放过她……

　　程都未顿时怒火中烧，也不知道打哪里来的勇气，他大吼一声，一个箭步冲上去，猛地把惊慌失措的李部长从惠凤身上推开。倒在地上的李部长打了个滚，捂着胳膊痛苦地呻吟起来……

闻讯而来的保安人员报了警。警察很快赶到，给程都未戴上锃亮的手铐，把他押上警车。到了派出所，程都未向办案民警讲述了事情的经过，然而，他们根本不相信。后来，办案民警把他送进了看守所。想想自己见义勇为反被送进监狱，这是多么大的一个讽刺，程都未欲哭无泪。

过了一段时间，监狱里来了个绰号刘半仙的新号。刘半仙说自己精通卦术，便拿出扑克牌给他算命。程都未随手抽出几张牌，分别是方块 3、梅花 7、梅花 9、红心 5。刘半仙装模作样地掐指推算，然后说："冤啊！兄弟，你不该做好人。不过，你的命运还有转折，总有沉冤昭雪的一天。"

程都未嘴上不说，心里却想刘半仙太神了，竟然知道自己是被冤枉的，似乎看到了一丝曙光。

得知儿子出事的消息，程都未的父亲从老家赶来了。探视的时候，白发苍苍的父亲鼓励儿子不管受了多大的委屈，都要坚强面对。

父亲还花钱给程都未请了律师。律师到监牢约见程都未时，告诉他：情况对他非常不利，因为李部长的家属可能找人做了惠凤的工作，女方作了伪证，她坚称和李部长在谈恋爱，如这种说法成立，程都未则属于故意伤害罪，等待他的将是重判。

"难道真没有天理了吗？"听完律师的话，程都未心里愤怒与失望交织。律师安慰道："黑的白不了，白的黑不了，我会全力帮你的。"

接下来，发生了一件让程都未始料未及的事，有人给他送来一千块钱。程都未向管教打听，才知道送钱的是惠凤。这钱，程都未一分也没有花,他想,自己不需要这样的施舍。

经过漫长的等待,终于开庭了,程都未看见父亲坐在第一排,瑟缩着身子,眼噙泪花,他只能用眼神跟父亲交流,请老人家放心。当审判长宣布证人出庭时,父亲忽然跪倒在地,一个劲地给惠凤磕头,泣不成声,在场的人无不为之动容。

惠凤红着脸,在众目睽睽之下走过去扶起老人,当庭承认自己错了,不该利欲熏心,收了李部长家五万块钱而违心作伪证。真相大白,法庭宣告程都未无罪释放。不久,李部长因涉嫌强奸罪、惠凤因涉嫌作伪证,被公安机关抓获收监。

程都未到监狱探视惠凤。隔着会见室的铁窗,惠凤小声说了句"对不起",然后便低下头去。

"我出去后去了你老家一趟,才知道你是有苦衷的,那时,你母亲生了病,急需用钱。"说到这里,程都未停顿了一下,继续道:"我不是来兴师问罪的,只是想告诉你,等你刑满释放的时候,我一定来接你。"

惠凤原本乌云密布的脸一下子转晴了。她高兴地说:"那好啊,到时别忘了带一束玫瑰。"

他是谁

花街是细妹上学和放学的必经之路，因年份久远，街道基础设施落后，显得破旧冷清。晚自习放学后，细妹冒着雨一个人提心吊胆地步入花街，然而最担心的事情还是发生了，不知从哪里窜出团人影，不紧不慢地跟在她身后。

细妹定了定神，停下步子举起书包冲黑影喊："喂，请你不要总跟着我，我害怕，我还是个学生。"

黑影像条恶狼一样朝细妹猛扑过去，压低嗓门说："小妹妹，你就别装清纯了。"然后，他捉住细妹，欲行不轨。

细妹当然不能让他得逞，她拼命挣扎、反抗，书包掉到地上了也不顾。黑影急了，勒住细妹的脖子，抽出一把利刀抵在她后背，恶狠狠地道："老实点，不然老子捅了你。"

这时，一阵高跟鞋敲击路面的声音由远至近，救星来了，细妹的心里敞亮起来。黑影凶狠地叮嘱她不要出声，否则……他一用力，细妹后背钻心地疼。

着"高跟鞋"的女孩在离他们不足五米远的地方站住了，她大概看出苗头来了，厉声质问他们在干什么？也不知哪里来的勇气，细妹哭着大声回答："姐姐，他耍流氓要强奸我呢！"

黑影大概没料到细妹这么大胆，被吓了一跳，刀也随之掉到地上。

女孩扫了掉在地上的书包和利刀一眼，又看了看纠缠在一起的他们,什么都明白了。女孩很懂男孩子心似的对黑影说:"小伙子,黄色录像看多了火气旺吧? 不如你放开小姑娘,大姐我陪你好好玩玩。"

黑影有些不相信,问女孩:"你不会骗我吧?"

女孩笑得花枝乱颤,说:"嘿,你小子,骗你干吗? 不就床上那点破事,大姐我放得开。"

黑影犹豫了好大一会,才缓慢地放开了细妹。

细妹眼睁睁看着黑影捡起利刀,尾随女孩进了街边的一幢小楼。

他身上有刀,怕是要出事情呢。细妹想报警,可又没有电话,幸好这个时候父亲迎接她了,细妹立即用父亲的手机报了警。

不大一会儿,警察赶到了,细妹带他们冲进小楼里,只听黑影在二楼的房间内气急败坏地吼叫:"是你自己主动提出陪我玩的,怎么忽然变卦了呢?"女孩柔声回答他:"傻小子,悬崖勒马还来得及,你刚才的行为是在犯法,姐为了帮你,才故意骗你。姐大学毕业出来找工作,因为没钱节省房租才住在这里。"

听到这里,细妹松了口气。

警察带走了黑影,因强奸未遂,他被判了两年半。入狱后,他心里空落落的,总觉得对不住那位受害的小女孩,还有那位好心善良的姐姐。

带着一颗忏悔的心,他在狱中努力改造,由于表现较好,他被提前半年释放了。他头一件事就是去花街的小楼里拜访那位不知名的姐姐,可开门的却是位中年汉子,他小声地问:"以前住在这里的那位女孩呢?"

"哦,先前那位女租客早搬走了。"说完,中年汉子似乎又想起了什么,转身进屋取出一封信交给他。

信里面写道：小伙子，你被抓不久，我就找到工作搬去公司住了，只好给你留下这封信，希望你走好今后的人生路！另外，听说那位妹妹家里很穷，你出来的时候她应该已经上大学了，希望你能在经济上帮帮她，以此来弥补自己的过错吧！末尾署名"知心大姐"。

大颗大颗泪珠滴落在洁白的信笺上，他心里懊恼极了。

他买了辆三轮车，一边拼命拉货挣钱一边打听细妹在哪座学校就读，发誓一定不辜负知心姐姐的嘱托和期望，尽最大努力弥补自己的过错。三个月后，他给她汇去了第一笔钱。从此，细妹不时意外地收到一个匿名者的汇款，她再也不用为学费和生活费发愁了。

大三那年暑假，细妹回家经过花街时，不幸被一辆迎面而来的小货车刮倒，小货车司机不顾她的安危，驾车绝尘而去。幸好，一个骑三轮车路过的陌生男子伸出了援手，及时送去她医院。

可等细妹缓过神来，想要感谢恩人时，病房里已经没有了他的身影，她四处寻找，远远地看到他在窗口付费，可还没等她走近，已经付完费的他转身大步朝大门口奔去……

凝视着他的背景，细妹冷不丁觉得与他似曾相识，可一时又想不起他是谁。

幸福在歌唱

那是我一生中最失落的一段时光：恋人潇洒地说了声"拜拜"，携别人的手走了，接着是丢了工作，然后在工业区找工作的时候，钱包不翼而飞……

不幸的事都让自己摊上了，窝住在朋友的出租屋里，我心里不是个味儿，欲哭无泪。好不容易挨到过了年，朋友对我说，"大姐，我男朋友要来了，你看？"以前没听她说过有男朋友，现在忽然冒出来，我焉能听不出言外之意。

第二天，我把自己的东西清理好装在一个包里，然后在朋友轻蔑目光的注视下，悲壮地走出门去。我计划坐最早的一班汽车，离开这个曾给过自己许多希望和憧憬，欢乐与泪水的异乡城市，回到家乡去。这似乎应验了一位工友的话，"在我们受伤的那一刻，家似乎变得格外的亲切、格外的透明。"

我走在一条长长宽宽的水泥路面上，望着两边鳞次栉比的厂房，心里一阵酸涩，为什么偌大的城市却容纳不下一个小小的我？忽然，一阵风吹来，顿时丝丝寒意流遍了我全身。这时，一辆蓝色出租车停在我的面前，"靓妹，去哪里，要不要送？"司机讨好地问。从这里到汽车站还有好远的一段路，要是有车送一程，当然最好不过，可身上的钱不多，当然是能省则省了。犹豫了一下，我冲他挥挥手。

走了半个来钟，总算到汽车站了，面里到处是人，不用问，我知道他们大多是来设在车站内的人才市场找工作的。亏有关部门想得这么周全,把人才市场设在车站,方便了许许多多的寻工者。

我转过身准备进售票厅买票的时候,一对姐妹的对话恰好传进耳朵,"姐,咱们出来十多天了,还没找到事做,要不,回家另做打算?""既然出来了,怎么可以当逃兵呢?只要有信心,我们肯定找得到工作的。"那位姐姐的回答,使我联想到自己的处境,当时几乎感慨得惊呼出声,"是啊,既然出来了,怎么可以当逃兵?"

我又回到朋友的出租房。朋友已去上班了,她在铁门上贴了张纸条:阿娟,钥匙在房东处,我知道你还会回来的。

放置好东西,我出了门。初春乍暖还寒的风吹动着长发,忽然,我感觉周围的一切事物似乎由灰暗变得明朗,美好起来。

那天上午,我憋足了劲,一口气向五家工厂递交了个人求职履历表,可都是竹篮子打水一场空。不过,我没有灰心,为了节约时间,中午没有回去,随便买了点东西填饱肚子,在路边的石凳上坐了两个多小时,直至下午工厂上班,继续挨个去找招工广告。

下午三点半的时候,我看到一家电子厂在招工,便挤进求职的队伍递交了履历表,等了将近一个小时,厂里公布了参加面试人员名单,我名列其中。

人事小姐睁着大眼睛不相信地问我:"以前真做过吗?""做过。"我回答得很干脆。"会电脑吗?"她又问。

"会。"我大声地回答。

也许,是我的自信瞒过了人事小姐的火眼金睛,她居然让我填了表,没有进一步考核就让我第二天去上班。说句实话,电脑自己在学校是学了点,可是什么车间文员压根儿就没做过,履历表上的经历全是造假的,在这之前我一直在流水线上工作。

上班第一天,车间主任丢给我一大堆资料,让我把产品月报表做出来。为了完成领导交给的任务,我一天都没吃饭,加班加点地干,赶在晚上下班前将资料交到主任的手中。

主任满意地冲我点点头,然后,慢条斯理地说,"阿娟,以前没干过这份工作吧?"

"以前是没干过。不过,我会珍惜这次难得的机会,用心干好每项工作的。"我嘴里回答,心却在想:这下完了,好不容易到手的工作又要泡汤了。没想到,主任说,"其实,也没什么难的,只要肯下功夫学,过几天自然也就会了。"

有了主任这番话,我悬着的心放松了许多。不久,我在楼梯口碰到了招自己入厂的那位人事小姐,我向她表示了感谢,并主动坦承了上次犯下的错误。

她笑了笑,然后告诉我,"阿娟,我早知道的,不过,我们那时急着用人,又没碰到合适的,见你那么自信,便留下了你。"我暗自庆幸自己的幸运。

时间过得真快,不知不觉地,我已经在这家工厂生活了两年,由当初的车间文员步步荣升为主任助理,工资也长了近一倍。每当夜幕来临的时候,我喜欢到街头走走……我喜欢被风吹动长发的感觉,喜欢青春的城市美的夜景。

现在,我已渐渐地融入这座城市。这得感谢自己当初的坚持与自信,感谢所有帮助过自己的人。

桃　花

　　带着几分山野姑娘土气与清纯的桃花，徘徊在县城一间发廊门前看招工启事时，媚态百出的发廊老板娘隔着玻璃，打量还略显稚嫩的桃花一番，觉得是块价值不菲的美玉，于是笑眯眯地迎出来，温和地问桃花："小妹妹，你是不是要找工作啊？"不待桃花回答，她继续说，"我这里招的美容美发学徒工，和别的发廊不一样，包吃包住，工资五、六千，上不封顶。"老板娘开出优厚工资待遇。

　　桃花有些不相信，天上不会掉馅饼，一个学徒工能挣到这么多钱吗？进到发廊里面，看了看里面几个打扮时尚、脸涂得像纸一样白的女孩，她心里就明白了几分。老板娘见她犹豫不决，开导说，这年头笑贫不笑娼，管它什么工作，能挣到钱就是本事。

　　想想也是，在餐馆里端盘子洗碗什么的，人累个半死每个月才一千几百块，不划算。桃花动心了，决定留了下来。

　　后来，桃花才知道老板娘年轻时曾到南方城市做过小姐，挣到钱学到经验后，回老家开了这间发廊，生意不错。渐渐地，经过老板娘言传身教，悉心栽培，桃花成了发廊的头牌小姐。不过，做小姐的事，桃花当然是瞒着母亲和弟弟的，虽然工作时她打扮得花枝招展、光艳照人，但回乡下老家时，她着装朴素，跟家里人和乡亲们说在县城小餐馆当服务员的。

　　尽管掩饰得很好，但桃花在县城发廊做小姐的事，还是不幸被弟弟二蛋发现了。自从桃花去县城打工后，二蛋就觉得姐姐变了，有些不对劲，出于对姐姐的关心，他逃了学，第一次登上开往县城的汽车，他找遍了县城所有的餐馆、酒楼，却都没有发现姐姐的身影。失望了的他准备乘车返回时，无意中瞥见姐姐从车站马路对面一家发廊走出来，上了辆原本停在路边的小轿车，绝尘而去。

二蛋不傻，立即明白了姐姐在做什么了，也忽然想起姐姐床铺下的那个神秘小铁盒来，难道藏着什么不可告人的秘密？

回到家，二蛋在桃花的床铺底下，果然找到个精制的小铁盒，里面除了几千块钱外，还有本农村信用社的存折，户主的名字赫然写着二蛋，里面有三万块存款。"姐姐，你好傻，为了我和这个家，委屈了自己啊！"二蛋念着姐姐的好，想着姐姐所承受的压力和屈辱失声痛哭，然后，他揣上钱和存折，冲出屋外……黑暗中，大山静得可怕。

一天、二天、三天，二蛋既没有去学校，也没有回家，桃花得到消息后匆匆赶回了家。桃花和母亲找来找去，最后在后山的岩洞里找到了二蛋，但二蛋就是不肯回去。

无奈之下，桃花报了警。民警冲二蛋喊话："喂，二蛋，你自己说为什么离家出走，是不是受了什么委屈？没事，出来和叔叔说说。"

"我偷了姐姐的钱和存折，不敢回去。"随后，二蛋从洞口爬出来，一下跪在了民警面前，语出惊人："警察叔叔，你把我和姐姐都抓去吧！我不要姐姐再卖身子帮我存钱了。"

民警呆住了，扔下句"什么乱七八糟的，你们的家务事，自己处理吧！"甩手而去。桃花擦了擦眼泪，下很大决心似的对二蛋说："弟弟，你回去吧！姐姐答应你，保证以后找份正经的工作。"

"真的"，二蛋不相信似的反问一句。得到桃花肯定的答复后，二蛋一手牵着桃花，一手牵着母亲满心欢喜地回家去了。

到了晚上，等母亲和二蛋睡熟了，桃花轻轻地走出家门，一步步朝山崖走去……她仿佛看见慈祥的父亲站在一条桃花盛开的小径，亲切地向她招着手。

后来，二蛋在悬崖底下找到了桃花，她的一条腿断了，在痛苦地呻吟。二蛋气愤地打了桃花，边打边哭，边哭边骂：你怎么这么傻，你怎么这么傻？

二蛋在堂叔的帮助下，把桃花送进了县医院。等桃花的腿治好，二蛋存折上的数字变成了零，可生活还得继续，桃花不愿一家人的生活陷入困境，给二蛋留了一张字条，去了南方城市打工，成了一家电子厂的普通女工。

独身的日子很美

告别故乡，背着简单的行囊，我从湖南一个小镇来到这座陌生的沿海城市，开始了独身生活。

城市霓虹灯闪烁的地方，有我的家，是花了近千元从本地佬那里租来的小公寓，它不大，仅能容得下一张单人床，一张小木桌和高高瘦瘦的我。尽管是很小的一间房子，但是我却感到非常知足，毕竟在繁华的城市里有一个属于自己的空间啊！

从网上买来一大堆书，填满了木桌上的空隙，每天下班，我便把自己关在公寓里，一本本地阅读。饿了，出外随便吃些米粉、炒饭什么的充饥；累了，趴在桌上打一会瞌睡，或和衣而卧躺在自己的小床上小憩一会。日子过得悠然自得，无忧无虑。

逢双休日，若有心情，我会叫上几个知心朋友来公寓打牌，下象棋，谈天说地……无须顾及别人的脸色，无须担心时间长了会挨老婆的批评。

也不知道什么时候，我隔壁的那间大公寓住进一对年轻夫妇，女的漂亮，男的潇洒。以后，我常常听到这样的对话："今晚又到哪里鬼混去了，这么晚才回来？""我，我们公司加班。"男的小心翼翼地说。女的开始摔东西，一边哀号一边骂："你这个没良心的，当初穷得衣不遮体，我没有嫌弃你，现在倒好，有几个臭钱连家都不想回了。"男的百口莫辩。每每听到这些，我就不由得暗暗庆幸，幸亏自己独身。

一位好事的女同事不相信我是孤家寡人一个，要不白衬衫领子怎么没有刺眼的黑色？身上怎么闻不到刺鼻的烟味、酒味？她硬缠着要到我的公寓看看，看是否有女人照顾我。来了之后，尽管她的手脚并用，四处搜索，也没有发现与女人有关的蛛丝马迹。有些失望的她帮我把脏衣服、臭袜子收拢泡在盆里，清扫了积尘很厚的房子，整了整凌乱不堪的床铺，并开我的玩笑说："原来你是白袜子里裹着的臭脚丫子，外表光鲜里面不像样儿。"

瞅着她看我时那热辣辣的目光，我回敬："乱才是男人的本色嘛！有什么值得大惊小怪的。"那晚，女同事没有走，她拥抱着我，温柔地抚摸我身体的每一部位。我醉了。

我对她说，这是我们一生唯一的一次。

她问为什么？

我说："我不想做爱的俘虏，过早承担家庭的负担。"

她似懂非懂，把头深深地埋在我的怀抱，咬住我的胸肌，留下了一排深深的齿印，"我让你一辈子记住我的好。"

当晨光穿过窗棂，我悠悠醒来，摸摸身边，早已空空如也。她尊重了我的选择。

过了一阵子，女同事恋爱了。他是个包工头，很有钱的，她脖子上的项链、手指头戴的钻戒都是他送的，每当提及他，她一脸幸福的模样。

那个下着雨的上午，女同事给我发了条手机短信：亲爱的，我已辞工，跟包工头走了……我对着手机屏幕发了好久的呆。

时间很快过了一年多，那个晚上，我忽然接到女同事的电话，她问我还是一个人吗？我回她是，她便哭起来了。

电话里，她断断续续说自己被包工头骗了，他根本没钱，是个骗财骗色的家伙，现在已经被公安绳之以法了。

我想说没有她的日子自己过得并不好，曾经很多次疯狂地想打电话乞求她回心转意。或许是出于男人那点点可怜的自尊吧，尽管当时明知道她渴望得到我对她，哪怕是片言只语的承诺，可电话里我除了安慰的话，却什么也没有说。

她失望地挂断电话。我却满脑子都是她孤独无助的身影，一宿无眠。

第二天起床，我在窗台上发现了她留的纸条："我的身体和灵魂在空荡的城市里无处安放，累了，我想回老家了，咱们永远不会相见。"

我从楼上望下去，正好目睹她拖着只粉红色的密码箱，钻进一辆红色的士……

我的眼泪一下就涌出来了，奋力冲下楼，拦了一辆的士追上去，可汽车站、火车站、候机大楼，都找不到她。

折腾了大半天，我才垂头丧气地回到公寓，却发现她赫然站在门口，一脸得意地笑着。

我情绪失控地大踏步向前，抱起她激动地转了几圈，说："我以为这辈子都失去了你。"

她答非所问地回我："傻瓜，你还是爱上了我。其实，什么移情别恋又被抛弃，都是编造的，我只是换了份工作，换了个角色来和你相处。"

"亲爱的，你真坏，不如我们结婚吧！"

"不，我要和你一样，只爱不婚。"

哎，这丫头，难不成和我作对？

风 波

婚后的第六个年头，悠悠终于有了我们的爱情结晶。九个月后，随着女儿呱呱坠地，我们平淡无奇的生活忽然变得热闹起来，初为人父的喜悦悄然爬上了我的脸。

我没有将添女儿的消息告诉母亲，我知道她做梦都想着抱孙子的，若得知是孙女肯定会伤心失望的。然而，母亲不知从哪儿得到了消息，在我女儿满月那天赶来了。进门后，她顾不上歇口气，径直走到床头抱起熟睡的孙女，先看了看脸蛋接着看了看胯下，尔后失声痛哭起来。

悠悠显然给弄懵了，她拉了拉母亲的衣角，疑惑地问："妈，你是怎么啦？"

"你还有脸问我？你这是要断我们家的香火啊！"平日温和的母亲突然变了个人似的，蛮不讲理起来。

再傻的人此时也明白了母亲发火的缘由，悠悠小声地哭泣起来，伤心地冲我说："阿椿，我没想到你妈这么封建。"说完，她抱着女儿，发了疯似的冲出家门……到场喝喜酒的同事和朋友目睹这一幕，都一个个借故离开了。

好当当的喜事被母亲搅和成一团糟，我悲从心起，那晚，一个人自斟自饮，喝得烂醉。

第二天醒来的时候，我发现屋里空空的，悠悠和女儿不见了，母亲不知何时也走了。不过，母亲给我留了封信，她说：孩子，对不起，是妈一时没能控制住自己的情绪，破坏了你们俩口子的感情。看到你伤心的模样，妈心里也很难过。

从某种意义上讲，母亲也许没有错，不是有句老话"不孝有三，无后为大。"可转念一想："悠悠又有什么错，自己产后最需要照顾和温暖的时候却没有得到亲人应有的关爱，反而要承受巨大的痛苦和压力……"

时间一晃，悠悠离家已经三天了。期间，我往岳父家里打过电话，并向悠悠道歉，说自己对不住她，让她受委屈了，请求她原谅。然而，悠悠就是不听我的解释，认为有其母必有其子，说不定我以后也会跟母亲一个鼻孔出气，嫌弃她。岳父岳母毕竟是老知识分子，他们没有数落我的不是，反而安慰我说他们会照顾好悠悠的，而我现在要做的事就是立即回家做母亲的思想工作，免得老人家伤神。

想想也是，不管怎样，悠悠有父母照顾。母亲含辛茹苦把我养大，万一她有个三长两短，叫我怎么办？第二天，我就跟单位领导请假，准备回去跟母亲好好谈谈。打点好一切后，我出门走了没多远，却看见母亲和抱着孩子的悠悠正往家的方向赶呢！我快步迎上去，吃惊地问："你们怎么会在一起的？"

悠悠盯着我，娇嗔地说："要是等你这个大笨蛋去接我，黄花菜都凉了，还是咱妈好。"我如坠五里云雾。后来，还是母亲的一番话释解了我心中的疑惑。原来，母亲从我这里回去后，把当天发生的事情跟父亲讲了，父亲开导她：时代不同了，男女平等，生男生女都一个样。为此，父亲还特意去买了本《婚姻法》，指着子女出生后既可以随父亲姓也可以随母亲姓的那一款给母亲看，劝她说，"你想续香火，以后让孙女生的子女随母姓不就行了。"经过父亲的一番劝说，母亲心里豁然开朗。

母亲知道悠悠是个极要面子的人，如果我不去接，她是不会自己回来的，考虑到我平时工作忙，而事情又因她引起，所以母亲主动到悠悠的家里向她认了错，婆媳俩又重归于好。

吃过晚饭，我们一家四口出去散步的时候，悠悠笑着对母亲说，"妈，你看这小丫头像谁多一点。"母亲不假思索地说，"当然像她爸多一点，她是我们家的希望呢！"

说完，母亲从悠悠手里抢过孙女，使劲往她的粉脸上亲了一口，乐得合不拢嘴。

结婚给别人看

二十五岁那年，我终于成为一场婚姻里的男主角。二十五岁留给我的是太多的沧桑与风雨，年青的脸和不再年轻的心使这场婚姻来得仓促而令我周围的人猝不及防。

无论从形式还是内容，没有任何铺垫，贴着大红双喜的日子就从天而降，缤纷五彩的纸花和色彩斑驳燃放已尽的爆竹碎屑铺满我走向婚礼的路。那些真挚或虚假的祝福语言像阴森天气里廉价的雨，潮润了我情感空间的角角落落。在这样一个喜庆的日子里，我不知道自己该不该有泪水和哭泣。

我飘飘悠悠的身体感到极度的失落，我的一颗心一定遗失在过去的日子里。

婚后，经常的口角是横在我们之间的一团乱麻，隔三岔五的赌气是系在我们心中难解的结。终于有一天，她忍无可忍，说："瞧我不顺眼就离了吧！免得我们生活得都不愉快。"

"结了又离了，别人怎么看？"我断然地摇摇头。

一年新春，单位举办"欢乐家庭联欢会"，要求每对夫妇唱一首歌。在大伙的高呼声中，我和她心照不宣地站起来，携手登台，共唱了我俩虽然从未合唱过，但彼此熟悉的《心雨》。我不知道我们是否都用真心在唱歌，反正一首下来，竟博得了不少喝彩和掌声。

回到座位，听别人议论我俩配合默契，真不愧是恩爱夫妻

时,我斜眼看了看旁边坐着的她,觉得脸上很有光彩。

后来,为了方便工作,我在市区买了房,更是很少回那个所谓的家了。

有一个深夜,她打电话给我,声音有些不对劲,我忙问她怎么了,她说她肚子疼得厉害,希望我马上回家陪她去医院。我急忙套上衣服,匆匆下楼来到停车场发动车子,箭一般地冲上路。我焦急万分,害怕她出事。

回到了家,她穿着一套透明的睡衣,像个没事的人一样向我招手。我没好气地责问她:"你不是生病了吗?怎么回事。"

她回我:"你这个人怎么一点情调都没有,今天是我们结婚三周年的纪念日,没有爱,难道还没有性了吗?还有,结婚前你是怎么对我承诺的?"

我当然没忘,谈恋爱那会,我是说过今生今世她是我永远的宝。

那晚,尽管她很努力,我却表现得非常差劲。到了这种地步,我和她之间,其实只是一张纸片的问题,若是哪天,我俩去一趟民政局就都一切结束了。

为什么就不喜欢她了呢?有时,我也在想这个问题。她这个人也没什么大缺点,就是有点公主脾气,除了不愿做饭,不肯洗衣服,不想搞卫生外,其他方面都很好的。可我一个大男人,在外边忙个半死,回到家还要去做饭、洗衣服、打扫卫生,也真够窝囊的。所以,我和她吵,吵了她说改,可改来改去,还是一个样。

不久,收到她发来的一个快递,我以为是离婚协议书,没想到是一顶崭新的帽子,只是颜色不对,绿色的。她葫芦里卖的是什么药呢?我猜不透。

过了段时间,她们单位新来的领导要请全体同事吃饭,领导特意交代已婚的一定要带上家属，万般无奈下，她打了我的电话，我毫不犹豫地答应了。

约定的时间里，我去到她单位，她挺着个大肚子远远地来迎我，联想起她之前寄的绿帽子，我的脸立刻变成猪肝色。

她上前挽起我的手，轻声说："先生，请淡定，我们找个合适的机会和平离婚吧！"

我深深地吸了口气，说好吧！然后，我亲热地拥抱了她一下，看上去很恩爱的样子。

丑女与靓女

在雅尔玩具厂打工的阿云有自知之明,从不敢在工厂的镜子前多待,额头上那块榆钱大小的胎记是她永远也洗不掉的自卑。

工厂靓女如云,阿云夹杂里面,犹如一只苍蝇夹在一群美丽的蝴蝶中间,显得极不协调。因为丑,阿云成了工友们眼中的"瘟神",仿佛跟她多说一句话都是耻辱的事。不管男同事还是女同胞,都喜欢用"喂"代替她的名字,把她唤来使去,让她干最脏最累的粗重活。但阿云半句怨言都没有,诚诚恳恳地做人,踏踏实实地做事。

一天下班后,阿云照例拿起拖把打扫卫生。路过的车间主管忽然想起了什么,停住脚步问:"怎么天天都是你搞卫生?"D组成员原先轮流打扫卫生,阿云来后,大伙便把这任务全交给了她,而她并无怨言。阿云微笑着解释:"下班反正没事,多干点无所谓嘛!"厂里三令五申严禁虐待下属,回来取报表的组长乍闻主管发问,心惊肉跳,阿云这么一说,他才松了口气,想起以前对她的鄙视态度,是多么不应该呀!

有厂花之美誉的李英暗恋组长已久,可组长全不放在心上。她的自尊心受到了伤害,苦恼不已。后来,她见组长一改往日的面孔,竟然对阿云处处关心,气更不打一处来。

有一天,李英蓄积已久的醋意终于火山般爆发,她没事找事故意摔破装水的玻璃杯,然后厉声吆喝阿云前去打扫。阿云愣在那里不知如何是好。李英骂开了："丑八怪，你以为你是谁，叫你干活是瞧得起你，不要给脸不要脸！"阿云气得脸都白了，咬住嘴唇不作声。组长实在看不下去了，怒不可遏地拍案而起："李英，别欺人太甚，你有什么权力指使人家？一个人外表美丑并不重要，关键是心灵美。"阿云不想将事情闹大，在众目睽睽下扫干净了地上的玻璃碎片。

风波平息后，阿云更沉默了。不久，她递交了辞工书。这时正是工厂的赶货期，主管自然不愿放人，更何况辞工者是一向表现良好的阿云。主管差人叫来组长，问阿云辞工的原因。组长如实反映她受李英欺侮的事。主管何等英明，不动声色地吩咐组长，让李英速到人事部办理离厂手续。

得知消息，李英急得流出了眼泪，忙往主管办公室跑。到了门口，她意外地听到阿云的声音："张主管，李英干活肯出力，又有生产经验，您就让她留下继续工作吧！我辞工与她无关，是因为同学帮我联系了一份更好的工作。"听说自己辞工，主管迁怒到李英头上，要炒其鱿鱼，善良的阿云立即来替她说情。

主管说："我处理事情向来一视同仁，如果你答应留下，我就不辞退李英。怎么样？"阿云想了一下，最后只好点了点头。

李英听到这里，不由自主地跨进门去，紧紧握住阿云的手，哽咽地说："阿云，谢谢你……我、我以前太对不住你了……"

"其实，你很美的，只是直到今天我们才发现！"围在门外的工友们异口同声地对阿云说。阿云笑了。

真　相

　　刑警赶到的时候,简陋的出租房内一片凌乱,被尖刀穿透胸膛的女人赤裸裸地躺在地上,左手紧捏着把零星钞票。

　　女人来自哪里,干什么工作的,为什么会死在出租屋呢？刑警队长老杜和办案民警小于等人一筹莫展。

　　案发地紧邻一处建筑工地,据周围的住户反映,女人生前与工地上的民工交往甚密。于是,经验丰富的刑警将案件突破口放到工地的民工身上。

　　对这个女人,工地的民工并不陌生,许多弟兄都去找过她,每次花上三五十元就可以将生理需要的问题解决了,既经济又实惠。民工刘三的眼里,女人很善良,有一段时间他去勤了一些,女人说在外打工不容易,劝他少去,不要把钱都花在她身上。刘三温情地强调,女人劝他的时候,语气轻柔、态度真诚,让他很是感动。刘三说,相处时间长了,他才知道女人原本是个地道的农家妇女,因为家中遭遇了不幸,才迫不得已走上这条路。

　　邓四得到女人遇害的消息,哭得死去活来,一个劲地埋怨自己没有能力照顾她,害死了她。

　　两年前,女人的男人在南方城市建筑工地失足摔死了,没良心的工头逃了,女人家里没有得到任何经济赔偿不说,安葬费还是自己出的。女人有三个小孩,个个在念书,都是只花不挣的主儿,家公家婆年迈多病只能拖后腿。邓四前年回家过年时,女人找上门来，一把鼻涕一把泪地哭诉自家艰难处境，提出要跟他出去打工挣钱养家。乡里乡亲的，谁家还没个困难的时候，还没等邓四应声，他老婆就爽快地应承下来。

从老家带女人来到工地，邓四悄悄地给工头送了两条好烟，工头才答应让女人在工地给工人做饭，包吃管住每月一千多块。哪知，女人干了不到半年就离开了，在附近做起皮肉生意来。女人不说，邓四也知道，她嫌工资低，维持不了儿女们高额的读书费用，才走挣钱捷径的。

女人卖淫，原来是为了供养小孩上学，老杜和小于不由地肃然起敬。在对工人住所进行搜查时，老杜意外地在一张床铺底下发现了件带血的衬衫，经打听，这名工人和他的表兄已经失踪好几天了。老杜认为他们有重大作案嫌疑，经过布控很快将俩人抓获。

犯罪嫌疑人交代，由于没钱喝酒，他们合谋去女人那里搞钱。他们觉得女人"生意"做得不错，应该有钱。他们用刀控制住了女人，将整个房间翻个底朝天也没能找到一分钱，快要泄气的时候，他们发现女人手里居然有一把钱呢！他们厉声要求女人松开手，但女人就是不听，结果他们一急失了手，刀子扎进了女人胸口。看到女人慢慢地倒下去，他们的胆都吓破了，兄弟俩回过神来后溜回工地，冲了个凉水澡，换下沾满血迹的衣服，不约而同地选择了逃跑。

天网恢恢，疏而不漏。也许，他们做梦都没想到，被害者竟然是位苦命的女人，她把挣来的钱悉数寄回千里之外的老家了，抓在手中的只不过是几十块零钞而已。

真相大白后，小于含泪问老杜："女人那几个孩子怎么办？还有，我们是否将真相告诉他们……"

老杜沉思了好一会儿，肯定地说，"你打电话到女人家乡的派出所，请他们转告那几个小孩，就说他们的妈妈是突发疾病不治身亡的。他们以后的学费和生活费，由我们刑警队的同志集体捐助。"老杜的话音刚落，响起了一阵热烈的掌声。

不久，刑警队以女人的尸体无人认领为由，向民政部门申请了丧葬费火化了她。小于特意选了一个阳光明媚的日子，去殡仪馆取出女人的骨灰盒，连同事们的首笔捐款三千元一并交到邓四手中，委托他带回去交给女人的孩子们。

小于严肃地叮嘱邓四："记住，女人是病死的，回去不许胡说，这是命令。"邓四含泪点点头。

别处的风景

连城家大业大，风流成性，除发妻外还拥有几个公开或非公开的情妇，生了一大堆儿女。这些女人里面，连城最喜欢少白的母亲，或许爱屋及乌，众多子女中，连城最喜欢也最看好少白。

少白念完大学，在外省谋了份洗车场洗车的工作。为这事，连城大发脾气，骂少白：你是我连城的儿子，难道还需要给别人打工吗？传出去叫我的脸往哪里搁。

洗车场待了没多久，少白被父亲连城紧急召唤回去，接管了旗下的广告公司。

云儿是少白的秘书，来自贵州的一个偏远山区，她比少白早进公司两年，熟悉公司的业务，所以连城指派她当少白助手。少白总觉得云儿像间谍，处处提防，对她不冷不热的。好在云儿从不跟他计较。

少白想将广告公司的业务扩大，欲在位于城区主要繁华路口的楼宇的醒目位置设置 LED 显示屏出租，云儿力排众议，全力支持他。项目推出后，各类播放广告业务纷至沓来，刷新了公司小投入大收益的纪录。

商业才华初显，连城对少白赞不绝口，甚至在集团公司会议上放言自己老了，将来要将公司属下的企业全部交由他打理。

这下，少白的麻烦来了，那些跟父亲有关，他叫不上名字的阿姨，以及众多同父异母的兄弟姊妹轮番上阵和他吵闹，质问他凭什么独吞老爷子的财产？

为了争权夺利，一群人跟着争风吃醋，明争暗斗，恶语相向，甚至大打出手，一刻也不得安宁。少白厌烦了，每每想起洗车场那段自由自在、平静如水的快乐日子就无限向往，经过一番激烈的思想斗争，他决定要放弃眼前和即将拥有的一切。

一个没有月亮，街灯却繁花似锦的晚上，少白主动请云儿去了酒吧，喝了不少酒的他搂着云儿，反复吟唱：……我是不是该安静地走开，还是该勇敢地留下来？

那晚，云儿温柔如花，泪流满面。

第二天，云儿在少白办公桌上看到一串房门和小轿车钥匙，以及一封信，少白说：我把自己的财富都留给你了，我去你老家体验生活，不想和他们争来斗去的，钱生不带来死不带去，亲情才是最重要的。我原本打算带你一起走的，可我却发现我们不是同路人，你向往富贵，而我恰好相反。

云儿打电话给连城，告诉他少白出走了，什么也没带。连城说那就好，证明我的眼光没错，跟他们几兄弟比起来，白儿更看重亲情，有能力和魄力，堪当重任。

可少白他……云儿欲言又止。

火车站内，少白把手机卡取出来，扔进垃圾桶，将机子丢给一乞丐，只身来到云儿的家乡。

那里的年轻人大多去外地打工了，当地劳工紧缺，少白几乎没费什么劲，就进了砖瓦厂当工人。每天和工友们一起劳作，一起吃喝，骂娘扯淡，少白很快乐。

然而，少白的身份受到了质疑。工友的怀疑似乎不无道理：要不是逃犯，年纪轻轻的帅小伙，咋个甘心干这种既苦又累，挣钱不多的活呢？

不久,一辆闪烁警灯的警车来到砖瓦厂,带走了少白。派出所民警上网查了一下户籍档案,马上把他送了回来,民警对老板说,人家清清白白,还大学毕业,从大城市来你这破厂干活,便宜你了。

老板原本就不相信少白是坏人,将几个好事的工人训了一顿后,重新给他安排一个轻松了点的岗位。

两年后的一个夏季,一个外地牌照的车队浩浩荡荡地开进砖瓦厂。少白灰头土面的,那些来者竟然都没认出他,少白却认出了那些人,他们是云儿、公司的常年法律顾问和那些同父异母的兄弟姊妹。

从他们叽叽喳喳的争执中,少白大概明白了原委:父亲连城过世了,立下遗嘱让他接管家族企业。

抹了一把从眼角悄然流出的眼泪,少白趁他们不留神,从一旁开溜了,去了一个更隐蔽的地方。

少白不愿回大城市,他和一个山野村姑结了婚。有一次,村姑不知从哪里拿回一张报纸,指着上面刊载的一则"寻找集团公司老总"的启事,开玩笑说,"我看你很像他哦,要不要去冒名顶替。"

少白苦笑了一下,说,"万一我真是个有身份的老板,大富翁,你怎么看?"

"我呸,逗你玩,还当真了,也不撒泡尿照照。"村姑一把将报纸揉个稀烂。

飘落风中的初恋

踏进校门第二周，学校忽然宣布要对我们大一新生进行为期一周的军训，我们女生没有一个不为之高兴的。也正是因为这次军训，使我认识了海波这个让自己刻骨铭心，伤心欲绝的男孩。

在学校从部队驻地请的十几个担任教官的士兵当中，海波长得并不出众，但他的个头很高，有一双会说话的大眼睛，看上去特别亲切，像一位邻家大哥哥。休息时，他常常来找我们 67 班的一群疯丫头谈天说地，聊自己的人生追求，让我们佩服得五体投地。

一次课间休息，我们班中特别大胆的阿晶冒昧地问海波：你可有女朋友？把相片拿来给我们瞧瞧好吗？而他却红着脸回答："女朋友吗?有的,只不过还在丈母娘的肚子里呢!"顿时,笑声一片,大家齐声问阿晶,"晶妹妹,是不是喜欢上这位'贾宝玉'了?"阿晶红着脸小声地说:"别拿我开心嘛!"海波却急忙辩解:"大学生哪能看上穷当兵的呢?不要开玩笑了。好了,不多说了,小的告辞。"话音未落,他拔脚跑了。

海波的确是个讨人喜欢的男孩,我决定先下手为强,趴在床铺上偷偷地给他写了一封表达自己心迹的长信。第二天,单独找了个机会,悄悄塞给他。

一周的军训期转眼就结束了,送别的时候,海波用一种异样的眼光看着我,那目光分明有说不清道不明的情愫,以及对我的依恋与不舍。我看在眼里,甜在心头。

海波回部队不久,我们班几个情窦初开的女生都给海波写了情意绵绵的情书,但她们都失望了,只有我收到了他迟来的回信。自此,我和他保持着书信联系,写信、读信也成了我日常生活不可缺少的一部分。

几个月后,我实在按捺不住对海波的思念之情,破例买了许多好吃的去了一趟他所在的部队。他请了假陪我在部队外面的公园聊了一会,就让我回去,他说自己很忙,让我有什么事在信上说或者打电话给他。

海波未免太不近人情了,尽管内心里有些许失落,但我还是尊重他的意见,没再去部队找他,并赌气不给他写信和打电话。就这样时间一晃到了第二年秋季。一个星期天,我正在午睡,有个室友摇醒了我,她说:"刚才接了个电话,门卫说有人找你。"

我爬起来带着疑问匆匆向学校大门奔去,没想到找自己的人竟是海波,他一身绿军装在阳光下格外耀眼。我掩饰住一颗慌乱的心走近他,小声说:"什么风把你给吹来了,有事吗?"他不出声,把我拉到一个没人的地方,说,"你借我一万块钱行吗?"我白了他一眼,说:"部队有吃、有住,还有津贴,你要那么多钱干吗?"沉默一会,他告诉我,自己想考军校,报读文化补习班缺钱。

我半撒娇半认真地说,"海波钱我可以给你,但你考上军校以后变心了,不爱我了,我可是人财两空呀!"他说不会的,并抱着我又亲又吻,说自己一辈子会记住我的好。

我的心一软,相信了他,去银行把从父母给的生活费里省下来的一万多块钱取出来交给了他。

回去之后,海波报读了高中语文、数学、英语等课程的补习班,后来真的考上了一所外地军校。一想到自己用不了多久就成为军官太太了,我心里甭提多高兴了。

可还没等我做完美梦,就接到了海波的分手电话,他说请我原谅他的背叛,在部队没有靠山是不行的,为了事业,他只好舍弃了爱情,经人介绍,成了某部队高官女儿的男朋友。不几日,我收到了海波两万元的还款,以及一句"两不相欠"的附言。

为了所谓的名利、事业,便出卖了爱情的人,又有什么好值得留恋的呢?我愤然撕碎了取款通知单,同时也撕碎了那些初恋的记忆……让它们统统都随风而去吧!

缘 分

汽车缓慢地进入南城汽车站，看到站内密如蚂蚁的人流，桂香就蔫了，城市这么大，去哪里找工作呢？她开始后悔不该心高气傲，一毕业就逞强跑到人生地不熟的地方来。

因为没有具体目的地，桂香下车后稀里糊涂地随人群上了一辆大巴，抢占了一个靠后排的位置坐下后，迷迷糊糊地睡着了。正做着美梦的时候，身旁的人忽然把她碰醒，暗示她被扒窃了。桂香一激灵，拿起放在大腿上的行李包一看，只见上面割了一道口子，放在里面的钱包、手机等早已不翼而飞。

"是他偷了你的东西？"刚才好心提醒桂香的黄毛男猛然站起来，大义凛然地指着坐在她另一侧的秃头男吼道。

车内有小偷，全车乘客的目光立即被吸引过来，秃头男的脸涨红了脸，大叫冤枉。桂香死死地抓住秃头男不放。

司机说车里有人丢了东西，车内的每个人都有作案嫌疑，要把车开到派出所去。

"老子哪有那闲工夫陪你们去派出所，贼不是已经找出来了吗？你是故意跟哥几个过不去，是吧？"话音未落，黄毛男从衣袖里抽出一把长刀，冲过去就抵住司机的头部……司机心惊胆战，一个急刹车让他们下去了。

等他们走远，司机说：姑娘，你还不放手，他真是被冤枉的，偷你钱的人就是刚才下车的那几位。

秃头男抢过话头说，傻丫头，黄毛男贼喊捉贼就是为了转移视线，你上他的当了。

没料到初入异乡，命运就跟自己开了如此大的玩笑，身无分文，初来乍到，怎么立足啊！泪花在桂香的眼眶里打转，她禁不住失声痛哭了起来。

汽车到站后，秃头男出于好意，雪中送炭，悄悄地塞给桂香三百块钱。桂香愣在那里不知说什么好，待秃头男转身消失在人海里，才冲他背影喊了句：大哥，谢谢你。

有了钱，桂香的底气足了些，就近在一家看上去还算干净整洁的廉价旅馆休息了一晚，第二天正式开始找工作。

从旅馆出来，桂香穿过几条街道，来到一个工业区，看见一家电镀厂门口贴出了招聘女助理的启示，便前去保安室问询。保安员简单问明她的个人情况后，热心地把她带到五楼的人事科。

人事科长仔细看了桂香的个人简历和学历证书，便带她去面见老板黎总。

端坐在宽大办公椅里的黎总看上去好像有点面熟，但桂香怎么也想不起来在哪里见过他了。黎总对她非常满意，让她马上上班，并给出了优厚待遇。

办理好入职手续，人事科长主动提出开车送桂香去取行李。在路上，心存疑惑的桂香委婉地问他：黎总会不会有什么问题，要不，怎么给我这么高的工资？无功不受禄，我总觉得心里不踏实。人事科长笑哈哈地回答，你别多心，好好干好自己的工作就行了。

通过一段时间的相处，桂香觉得是自己当初想得太多了，黎总这个人并没有什么坏心眼，很好相处的。只是生意不错的工厂不知什么原因却总是赚不到钱，他一直为此事烦忧。

桂香很想帮帮黎总，但却不知道从何处入手，直到无意中听到厂里用于生产集成电路板的镀金溶液中的主要成分金离子神秘大量流失的事，才觉得机会来了。

工厂保安制度严格，作为工厂生产车间中最重要的镀金流水线车间，外人更是不可能进入，桂香怀疑是有人神不知鬼不觉地盗取了黄金原料，而且内鬼作案的嫌疑非常大。

接下来的一段时间里，桂香不断地找理由进入车间不动声色地摸排情况，果然发现了一名员工在正常的生产操作过程中，不断将金属块放进电解溶液中。原来，这名员工是通过一种叫"镍"的金属片与镀金槽内的电镀液发生化学反应，让金属片吸取镀金槽内的黄金原料。

桂香在学校学的就是化工专业，这点小伎俩自然逃不过她的火眼金睛。报警后，警察赶来人赃俱获。

经警方审讯，该员工还供出了车间另外几名偷金的员工，数年来，他们共侵占公司价值825600元的黄金4800克。

庆功宴上，醉态朦胧的黎总一把抓去头上的假发，对桂香说，你相信"缘分"吗？这不是"秃头男"吗？难怪自己一直对黎总有似曾相识的感觉。此刻，桂香内心汹涌澎湃。

相　亲

　　伏牛镇派出所有个叫小牛的民警，是全市公安系统有名的破案能手，年年被评为先进个人，可因为一门心思放在工作上，三十出头了连女朋友投胎在哪都不知道！说不急，那是假的，这不，他在晚报上刊登了一则征婚广告，想碰碰桃花运。

　　广告刊出就有了效果，一个叫巧儿的女孩在电话那边迫切地提出要与小牛见面。

　　小牛在咖啡厅刚露脸，巧儿就恭恭敬敬地向他深情鞠躬。一下唬得小牛怔愣在原地，心里犯嘀咕：这丫头演的是哪一出啊？不等小牛开口，巧儿就发问了："你不认识我了吗？"小牛摸摸头，疑惑不解地问道："我们以前认识吗？"巧儿说："六年前，你曾救过一个高二学生，那女孩就是我啊？"经提示，小牛想起来了：以前还真救过一个失足掉进西湖的女孩子。

　　此时，巧儿眼里盈满了泪水，激动地说："如果没有你当初的相救，就没有今天已成为优秀教师的我。这些年来，你的高大身影在我的脑海里一直挥之不去，可我又一直找不到合适的机会向你表达感激之情。"虽然巧儿很漂亮也很优秀，但感情和报恩是两回事，想到这，小牛断然拒绝。

　　这天，小牛到社区访问。路过小街转角时，远远地看到巧儿手捧一束鲜花奔来，他本想转身逃避，但已经来不及了，只好装作若无其事地继续向前走。两人碰面时，巧儿红着脸说："哥，我对你的爱是发自内心的。"然后,不顾一切地把鲜花硬塞进小牛手中。

小牛呆站在那里许久,直到巧儿走远了,才回过神来。

回到单位,小牛的心还在怦怦直跳,所长发现不对劲,便问了起来。小牛如实向所长汇报了相亲的经历。所长一听,哈哈大笑了起来。其实,巧儿已经来找过所长了,并表明了她的态度。

见小牛主动提起巧儿,所长顺水推舟将巧儿找过自己的事全告诉了小牛,开导他:巧儿那丫头不错,警察和教师,绝配嘛!至于正在执行的追捕黑恶势力团伙成员的任务,也得争取尽快完成!

小牛美滋滋地走出所长办公室,一边走一边暗暗勉励自己:"革命尚未成功,同志还须努力。"

正当小牛为追捕黑恶势力团伙成员的事一筹莫展时,一个自称小柔的女孩打来电话,说想和他交个朋友,并说晚上见面,有没有空?小牛回味着小柔好听的声音,觉得与他所要抓的那个黑恶势力团伙成员的一个女人对上了号,于是顿了顿,连声说好,并很快和她约定了见面的时间和地点。

小镇的夜晚月色迷人,小柔显然知道姿色对男人的杀伤力,见面后频送秋波,千娇百媚地要求小牛去她的住处坐坐。

这"坐坐"两字意味着什么,两人都心照不宣。进入房间,小柔很随意地脱掉了外套,又要来为小牛宽衣。小牛色眼朦胧地说:"宝贝,不要急嘛!我先上卫生间。"

待小牛进入卫生间,小柔飞快地用手机发出一条短信息,随后风情万种地躺在床上。

小牛出来,看见小柔躺在床上风骚迷人的样子,心里涌动一股异样的感觉……"宝贝,还等什么呢?"小柔痴笑着。正在这时,房门突然被打开，几个面目狰狞的彪形大汉蜂拥而入，把小牛团团围住。他们恶狠狠地威胁道："小子，想沾腥？"小牛一眼就认出了他们，他不动声色地笑了笑，扬声道："前几次的抓捕都让你们逃脱了，这次想玩什么花招？""少啰唆！哥几个还有好几个兄弟栽倒在你手里，案子就是你负责的，你今天玩女人，有把柄在我们手上，识相点，设法把我们的兄弟放出来，把案子销了，否则，我们把今天的事捅出去！"哪知，他们的话音未落，只见十来个全副武装的警察冲了进来，面对冷冰冰的枪口，歹徒们胆战心惊，个个不由自主地将手举了起来。

带上警车的那一刻，方知中计的妖娆女人小柔心有不甘地冲小牛吼："算你狠！"小牛微微一笑，然后回敬："对你我可是牵挂已久啦！虽然以前未曾谋面，但一听到你电话里甜美的声音，我就被吸引住了，怀疑你是我追捕已久的，那个声音像百灵鸟一样动听的'黑牡丹'。我多么希望你不是，可是你却真的让我失望了。"

后来，小牛时不时就想：巧儿和小柔，同样漂亮的女人，怎么就走着完全不同的人生道路呢？

恶作剧之恋

刘建辉驾车从江北收费站入口上了城南高速，年轻的女收费员冲他摆摆手，抿嘴一笑，把通行卡递给他。女孩眉清目秀，温婉的笑容里还透着一股子俏皮劲儿，刘建辉看得有些出神……

明明只是一次偶遇，甚至都没有言语的交流，但刘建辉自此却对她产生了一股莫名的好感，或许这就叫作"一见钟情"吧。

为一解相思之苦，没过几天，刘建辉又特意跑到江北收费站入口，接过通行卡后，他假装问路和她搭讪："美女，去清新县石花区在第几个出口下？"

女孩温柔地说："直走第五个出口。"

"你叫什么名字，方便把联系方式告诉我好吗？"刘建辉厚着脸皮问道。

"你这是题外话，不在我工作范围内，我有权不回答。"她不卑不亢地回绝。

后面排队的司机等得不耐烦了，猛按喇叭表示抗议。刘建辉灵机一动，耍起了无赖："你不说，我今天就不走了。"女孩抬头望了望等待拿卡进入高速的车龙，只好将姓名和手机号码写在一张粉色的便条上，递给了他。

原来她叫梁静，刘建辉试拨了一下电话号码，是通的，心满意足地离开了。

正在刘建辉酝酿着要找个什么样的理由联系梁静时，梁静的短信却先到了，确切地说，那是一条求助信息："靓仔，我想请你帮个忙，方便的话回电话。"

真是心有灵犀，刘建辉心里一阵狂喜，马上拨过去，不等对方开口，先表明态度："不管遇到什么事，我都愿意帮你，赴汤蹈火，在所不辞。"

"其实，也没什么大事，就是家里出了点状况，想问你借六万块钱，你看……"梁静迟疑了一下说。

"不会是遇上骗子了吧？"刘建辉虽然担心借出去的钱"肉包子打狗有去无回"，可他还是爽快地向梁静要了银行账号，表示会尽快将钱汇过去，以解她的燃眉之急。

半小时后，刘建辉准备好钱去银行汇款，工作人员忙了好一阵，发现账号不存在，请他提供收款人正确账号。刘建辉给梁静打电话想问个究竟，哪知对方已经关机。

其实，梁静不是真的要借钱，她故意报了个假账号。

在这之前，也有人通过各种方式获取了梁静的电话，那些人大多不怀好意，无非是垂涎她的美貌。梁静心明眼亮，对那些骚扰电话从不放在心上，有时还会整蛊一下对方。

梁静的"恶作剧"主要有两种，一种就是借钱，对方一听说她要借好几万块，往往大骂她是骗子，然后直接挂电话，再打过去就是忙音；对那些年纪稍长却不自重、满腹"花花肠子"的男人，梁静的"恶作剧"就"升级"了，她会在三更半夜发诸如"亲爱的，祝我们爱情甜蜜"、"大哥，你在干吗？小妹想死你了"之类的短信给对方，这招的效果立竿见影，对方肯定会打电话过来苦苦哀求："你那条短信昨晚被我老婆看到了，和我闹得不可开交，姑奶奶，求你以后别再和我联系了。"

每当看到那些"有贼心没贼胆"的花心男子的拙劣表演，梁静只会轻蔑地冷笑一声。

此时此刻,打不通梁静的电话,刘建辉心里可没底了,他连忙带上钱,直奔城南高速江北入口,那里压根儿就没有梁静的身影。一个胖乎乎的收费员见他很着急,连忙问他是不是遇到什么难处了。

刘建辉将经过和盘托出,说梁静家里出了事急需用钱,打不通她的电话就直接把钱送来了。胖收费员听了哈哈大笑,见怪不怪地说:"小伙子,恐怕你是上当了!"

想再多问几句,无奈后面的车把喇叭按得震天响,他只得悻悻地离开了。

下了高速,刘建辉终于拨通了梁静的电话:"我去银行给你打钱,却发现账号不对,带着钱去找你,你又没在收费站,你现在哪里?"

"你还真准备借给我啊,不怕我是骗子?"梁静大感意外。

"不怕,我心甘情愿被你骗一辈子。"刘建辉一字一句地答道。

梁静沉吟片刻说:"周末咱俩见个面,你帮帮忙扮演一下我男朋友,去我家骗骗我爸妈。"

刘建辉扑哧乐了,忍不住笑着问她:"那……有没有转正的希望啊?"

"想得倒美……"梁静在电话那头笑着轻声嘟囔。

小 丁

流水线耗去了小丁两年的青春，姐姐丁颖很心疼，便经常在枕边向老公吹风：肥水不流外人田，你得给小舅子安排个轻松点工资高点的工作。为了讨个耳根清净，刘总找了个时机，安排小丁当仓管员。

小丁心里美滋滋的。可干了不长时间，他就笑不起来了，因为他不会算数，总发错货。刘总发觉小丁做不了仓管员，于是安排他去看大门，工资不变，也算是照顾老婆的情绪。

小丁觉得看大门挺好，开门关门嘛简单，用不着费心。也许是为了出入方便，刘总自己也配了一把大门遥控钥匙。

刘总年纪不小，特别想要个小孩，可不管怎么折腾，丁颖的肚子始终没能鼓起来。

空闲的时候，刘总心里暗暗琢磨：是不是老婆不行啊？自己和打工妹小美也没要多少次，她便怀上了。

为了摆平小美，刘总可谓使出了浑身解数，前前后后花费几十万，才低三下四地将她打发回老家休养去了。

因为丁颖怀不上小孩，刘总不断找茬与她吵架。小丁实在看不过去了，劝他俩去医院做个全面检查，可他们夫妇俩的脾气都倔，坚称自己没事，问题肯定出在对方身上，谁也不愿去做检查。吵来吵去心就吵冷了，两人便离了婚。

待到一切风平浪静，心里头长草的刘总忙不迭地去把小美母子接了过来。丁颖则与曾经疯狂追她的老外走到一起。移居国外前夕，丁颖向刘总提了唯一要求，就是希望他能把小丁照顾好。

一旁的小美帮腔：姐，你放心去吧，我们会照顾好他的，他和我家小宝可亲了！就冲这一点，我们也不会亏待他。

一天一天过去了，小丁觉得小宝越长越像自己，他不由自主地想起三年前发生的一幕：那个月色柔美的夜晚，他在厂门口碰到了像花朵一样的小美，擦肩而过的瞬间，她轻声叫住了他，含情脉脉地约他去看电影。看完电影回来的路上，小美忽然从后面抱住了他。然后，他们挤进路边的树丛里，像电影里的男女主角一样疯狂地纠缠在了一起。

事后，小美对小丁说，就这么一次，不得再纠缠她，也不得说出去，要是走漏半点风声，她就告他强奸。小丁只好答应了，他不明白怎么会这样。

这事一直在小丁心里装着，现在见到小宝，直觉告诉他，小宝是自己的儿子！于是，他的眼神里自然是溢满浓浓的父爱。

后来，小美似乎意识到了什么，心里害怕小丁整出点什么事来。于是，她说动刘总在市内买了套商品房，带着小宝淡出了工厂。刘总有时回市里和小美小宝住，有时也住工厂宿舍。

住在工厂宿舍的刘总，时不时地早出晚归，但不管多晚回来，只需他按两声短促的喇叭，小丁就会迅速去开门。小丁更习惯，刘总不回来，他就不会睡觉。

偏偏这一次，那熟悉的喇叭声直到凌晨也没响起。小丁觉得反常，担心刘总出事，于是抓起保安室的电话打给老板娘小美。通报完情况后，他一身轻松地趴在桌上进入了梦乡。

待小丁一觉醒来，只见铁青着脸的刘总站在保安室门口，他吃惊地问：刘总，您昨晚怎么没按喇叭？

刘总脸色铁青，斥责他：神经病，我自己有把钥匙，我说你一个保安，管那么多闲事干什么？

小丁脸红脖子粗，忍不住回刘总：你牛什么，老子还不想干了，你把……话说到一半，小丁忽然住口，他忽然清楚地意识到，小宝的前途比什么都重要，他不想小宝以后跟着自己没出息。

再往后，小美偶尔带小宝来厂里，小丁总是乐滋滋地带小宝玩，等到小宝走了，他便背过头去哭得一塌糊涂。

猪肉情缘

段远从部队回老家探亲，走到邻近村庄的庄稼地遇见了二丫，只见她立在翻滚的麦浪中央衣袂飘飘、长发飞舞，极像一朵盛开的莲花。"远哥回来啦，中午来我家吃饭吧！俺给你煮猪肉吃。"二丫向看傻眼了的段远发出热情的邀请。

回家报了个到，段远陪母亲聊了一会儿，就说要去二丫家吃饭，母亲笑着在他背后骂道："兔崽子，怕是想要找媳妇了！"

二丫家里冷冷清清的，想必她父母有意避开了。段远悄悄朝厨房扫了一眼，餐桌上只有简单的一盘猪肉和一碟土豆泥。这时，脸红得像桃花一样好看的二丫来到他身旁，柔声细语地说："俺请你吃猪肉，愿意不？"

一听"猪肉"两个字，段远的心像被针扎了一下，思绪飘到了小时候第一次见到猪肉的场景：那是他六岁那年的除夕夜，一只青花瓷碗里装了三四块火柴盒大小的猪肉，摆在祭祖台上，香味沁人心脾……

直觉告诉他那一定是美味，直流口水的段远指着碗里的肉，问娘："那是什么？"

"儿，是猪肉！"

段远曾听二丫说过，猪肉不知比青菜叶子要好吃多少倍。小孩嘴馋，他忍不住地说，"我想吃肉！"

娘迟疑了一会儿，怯生生的帮着求情，"爹，远娃还不知道猪肉是啥滋味,您看这大过年的,要不就给一小块他尝尝?"

爷爷瞬间变了副嘴脸,鼓起牛卵子一样的眼珠,指着段远骂开了:"你生了能吃肉的狗牙么?去去,回屋吃你娘的肉去!"

段远的父亲过世的早,爷爷一直视他娘俩如包袱,自然对他没有好脸色。

春节过后,爷爷紧接着又做了一件过分的事,逼段远娘俩分了家,却连一块瓦片都不分给他们,娘搂着他委屈得直掉眼泪,只好带着他借住在邻居王大婶家,另起炉灶过生活。

不过,这样也好,娘有勇气做自己以前想做却不敢做的事情了。娘在屋后的山脚下弄了个猪圈,又到大姨家借了钱,从集市上抱回一只猪娃,娘对段远说:儿,你勤快点,多采猪草喂它,年底我们就有猪肉吃了。

吃猪肉的动力是无穷尽的,段远挎着比自己屁股大两倍的竹篮子,出没在田间地头,采割猪娃爱吃的青草,装满一篮子就跌跌撞撞的背回猪圈喂猪娃。每次,看到猪娃欢快地吃着猪草,他心里无比快乐!

可是,好景不长。不知什么原因,猪娃从圈栏冲了出去,不幸被爷爷瞧见了,爷爷跟它有仇似的,冲过去就踢了它一脚,猝不及防的猪娃一声惨叫腾空飞出几丈远……猪娃这次虽然大难不死,但从此食量大减,日渐消瘦。

娘怕猪娃死了,到时连本都收不回,含泪抱着猪娃去到集市好不容易脱了手!

从此,娘和段远断了养猪的念想。娘宽慰他说,总有一天会吃上肉的!没过多久,娘的话就灵验了。

一个夕阳染红村庄的傍晚,段远在晒谷场跟二丫学识字,王婶领着一名陌生男子走了过来,向他介绍:"这是你光头叔叔。"

光头晃了晃提在手中的半块猪肉,冲还蒙在鼓里的段远说:"娃,咱们回家吃肉吧!"还没等他弄清楚怎么回事,机灵的二丫听明白了,她扯着嗓门喊:"远娃子,你娘给你招来后爹了。"

"娘要嫁人了",段远心里说不出是高兴还是难过。回到家,只见光头正在厨房里煮猪肉,王婶则陪着娘拉家常,王婶安慰娘说:"苦妹,你别扛着了,就嫁了吧?这样对远娃也好呢!"

不大一会,光头把猪肉端上桌,招呼段远去吃!

王婶在一旁帮腔:"远娃懂事,去吃吧!只要你吃了猪肉,你娘和光头的亲事就定了。以后,你娘俩就有人照顾了!"

段远的眼泪流了出来,执拗地问:"那我吃了猪肉,可不可以同二丫一起去上学了?"

"当然可以,以后你就是我的亲儿子。"光头的话音未落,段远迫不及待地扑向餐桌,眨眼工夫,一盘肉全进了肚里。

如今,二十多年过去,小时候吃猪肉的那段经历,段远永远忘不了,这事或许早已经成为全村人心照不宣、公开了的秘密。

"远哥,你快趁热吃啊!"二丫面带羞色的催促,把段远拉回现实,他兴奋地上前端起盛猪肉的盘子……

爸　爸

钱老师打来电话,让她无论如何都要去一趟学校。她心里有些忐忑不安,可是不管什么情况,她都不希望与丈夫扯上半点关系。那样,丈夫在女儿心目中,会永远保持一个完美的形象。

她慌里慌张地进了学校,来到钱老师办公室。钱老师给她倒了杯水,示意她坐下,然后指了指桌面,生气地说:"这几本侦探题材的小说,都是从你女儿课桌里搜出来的。"她扫了一眼书名,心虚地说,"不好意思,这孩子实在太气人,回去我好好批评教育她。"

回到单位,一个患者来看病,问多了几句,她不耐烦了,火气很大地和人家吵了起来。那人投诉到值日院领导那里,院领导问她是不是遇到不顺心的事了? 她说没什么,只是心情不好。

下了班,她像陀螺一样忙得团团转,先去学校接女儿,顺道去市场买菜,回家便钻进厨房里一阵忙碌……她把饭菜端上桌,招呼女儿吃饭,女儿极不情愿地从电视机前移步到餐桌,拿起筷子象征性地吃了几口,就说这不好吃那也不好吃。

女儿的态度彻底激怒了她,她把碗筷往桌上一扔,狠狠地甩了女儿一巴掌。女儿大概还不知道老师已揭发她上课看小说的事,流着泪捂着脸,倔强地申辩:"你打我干吗? 我又没犯错误,明明是你自己炒的菜不好吃,还不让说了? "

她夹起一块排骨尝了一口,咸得要命,盐放多了。不过,她不想认错，责问女儿："你为什么要在课堂上看小说，而且全是侦探小说，你才读小学三年级，看这些有什么用呢？"

女儿哭着说："妈妈，跟你说个秘密，我们班的小敏说他爸爸让一个坏阿姨拐跑了，我也怀疑爸爸让坏女人拐跑了，要不，他不会好几年都不给我们打电话，也不回来看咱们的。所以，我看侦探方面的书，从里面学本领，将来好把爸爸找回来。"

瞬间，她这些年在女儿面前的伪装全都崩塌了。她把自己关进卧室，哭得很伤心。她从衣柜里翻出一张照片，他的样子一点没变。她轻轻抚摸过他的眼睛、鼻子、嘴巴，喃喃道："你这死鬼，你不是最心疼女儿了吗？刚才我打她了，你怎么不骂我呀？"

她清晰地记得四年前的那个平安夜，女儿做完心脏手术还在医院休养，看到电视里的圣诞老人给一群小朋友派发礼物，也吵着要礼物，她只好打电话给他。电话里，他压低声音哄女儿："宝宝乖，等爸爸抓到了坏人，立马回来给你送礼物。"女儿果真就不哭了，两只圆圆的小眼睛一眨不眨地盯着病房的门……可直到睡着了，女儿也没等来爸爸的礼物。

也就是那个夜晚，丈夫突发脑溢血，倒在了伏击毒犯的现场。噩耗传来，她整个人都蒙了，恨不得从医院住院部八楼跳下去，可望了望熟睡中的女儿，她打消了这个念头。她知道，失去丈夫后，为了女儿，她必须坚强。

那次，女儿睡梦中醒来，问爸爸来了没有？她指了指放在床边的一只毛毛狗说：来了，这是他送你的礼物。其实，那只毛毛狗是丈夫单位连夜赶来慰问的领导和同事带给女儿的。

女儿又问她，那爸爸人呢？她说："你爸被领导紧急派到国外执行维和任务去了。他走的时候，因为你在睡觉，他怕吵醒你，也就没有和你打招呼了。"

这谎话,从女儿四岁多一直撒到现在。如今,女儿已经开始懂事了。

女儿还在委屈地哭泣,她走过去安慰她,说:"好了好了,宝贝别哭,我明天就去你爸爸的单位,求领导把你爸爸调回来工作,好不好?"

"爸爸能调回来,那太好了。"女儿破涕为笑,高兴地跳了起来,搂着她又吻又亲。

到了周末的晚上,她的手机响了,她听完电话拉着女儿打的去了机场,她指着大厅里一个身材高大满脸沧桑的男子对女儿说:"那人是你爸。"

女儿立刻张开双臂,像蝴蝶一样飞进男子的怀里……

这个冒名顶替女儿爸爸的男人,是她通过婚恋网站认识的。

月亮湖

校园里有一个美丽的月亮湖,是人工的。当年挖湖时,挖出来的泥土堆积成了一座小山,原本一块平整的土地,经过人工改造后,就成了有山有水有灵气的地方。

为了装扮月亮湖,当年身为学生会主席的司绵光着实费了不少心思,他先是带动一群同学从户外的泥塘里挖来莲藕种进湖心,接着,又募捐了几百块钱,买来上千尾小金鱼投放到湖里。到了次年,月亮湖便莲叶成荫,一条条美丽的金鱼千姿百态地乐游湖中,真是美不胜收!

没课的下午或周末,司绵光喜欢带上几本书,一个人来到月亮湖边找个安静的地方看书,累了就趴在草丛边,看湖里的莲,看莲叶下戏耍的鱼儿。有的时候,看着看着,他眼里就有泪水,他想:要是自己是条鱼儿多好,就在这月亮湖里,一直和自己喜欢的人生活在一块,该多好。

司绵光心中的那个她,是对面楼的师妹芹芹,她身材匀称,洁白的肌肤好似剥去壳的鸡蛋,光滑而细腻,水灵灵的脸上总挂着甜美的微笑。这样一位美少女,自然追求者众多,他面临的压力可想而知了。可是,用不了多久,他就要毕业了,要离开学校,他害怕她会变心,因此心里非常纠结。

几天后的一个下午,司绵光主动约芹芹出来散步,俩人沿着湖边一直走。芹芹紧紧地挨着他,空气中离别的愁绪特别浓烈,他们心中似有千言和万语，却都说不出口。

还记得我们当初是怎样相识的吗？芹芹打破沉默，问司绵光。

他当然记得。那次芹芹在湖边捞金鱼玩，一不小心滑进湖里，刚好路过的他跳下去把她拉上岸，然后嘴对嘴给她进行人工呼吸……她醒来后，出于感激，不仅亲吻了他，还半开玩笑半认真地说："这可是我的初吻哦！"当时的场景，就像电影和电视的画面那样唯美，每每脑袋里掠过这一幕，司绵光都陶醉了。

事后，有好事的女同学悄悄问芹芹是不是故意掉进湖里，有意给英雄救美创造条件的？"故意的，难道我不想活命了，你故意一个给我看。"芹芹冲她们凶，可转过身却一脸得意地笑。

对于芹芹到底是怎么掉进湖里的，司绵光心里一直存在疑问。可在这起事件中，他讨得了美人的欢心，抱得美人归，受益最大，又能说什么呢！自个儿偷着乐去吧！

校园里除了爱情，当然还有理想，司绵光的理想是远方。

司绵光忽然抱住芹芹，在她耳边说："一拿到毕业证，我便去深圳打工，我们就要分开了，可我又舍不得你，你能给我承诺吗？"

芹芹轻轻地推开了司绵光，说自己给不了他承诺。

司绵光不开心地独自离开了。事业和爱情相比较，眼前一无所有的他，急需要解决的是安身立命的根本问题。

不久，南下的火车带走了司绵光，芹芹站在一群为他送行的同学中间，哭成了泪人。她之所以没有给他承诺，是因为她无法做得到。

深圳是个付出努力就有回报的地方，不到一年，司绵光就从公司底层爬到了高管的位置，事业有成人又后生，身边的追求者围得像蜜蜂一样,那些女孩随便挑出一个都比芹芹优秀。他在这群女人中左右逢源,有时他暗自庆幸,幸好芹芹没有对自己作出承诺,而自己以前不管对她说过什么,也大可不必作数。

有个晚上,司绵光和客户谈完生意,和一个一头银白色头发的美女驾车行驶在深南大道上,小轿车在路中间忽然熄了火,在等救援车的间隙,他的鼻孔鲜血直流。

"今晚怕是撞邪活见鬼了。"他跟女伴发牢骚。

过了几分钟,司绵光接到了芹芹同学的电话,她紧张地告诉他:二十分钟前,有同学还看见芹芹在月亮湖里游泳,可现在,她却躺在宿舍洗手间里已不能动弹,怕是不行了。另外,我们还在她床铺底下发现了一份体检报告,原来她早患了乳腺癌……

司绵光一下子就愣住了,手机掉在坚硬的马路上,摔成了瓣瓣碎片。

十年后,已成为公司副总的司绵光出资一百万给母校,重修了月亮湖,但他提了一个要求,那就是将月亮湖改为芹芹湖。

哎,有些人有些爱,总是无法回头。

暗　恋

同学聚会，我和分别十年的诗云见面了，不同的是我带着妻子，而她孤身一人。

酒桌上，大家抢着说话，回忆在学校的点滴时光，有人起哄说我和诗云当年是有故事的，此番相见有何感触。

诗云站起来说：结果很明显嘛，人家拥有美貌的娇妻，而我不是在相亲，就是走在去相亲的路上。

我慌忙说，诗云你眼光别太高，也老大不小了。她立即反驳，不是眼光高，而是未曾遇到合适的，所以拖着拖着就到了现在这个年纪。然后，诗云又说自己工作不好，条件一般，不像我自己做生意，早早就结了婚，而她父母为她的婚事操碎了心。一个未婚大龄女青年和自己的初恋聊生活的种种不如意，让幸福的我有了一丝愧疚。

吃完饭，我们又去唱歌，诗云执意点了一首《同桌的你》要跟我合唱，唱完说了句：我俩好像没同桌过。"哎！"

念高中那会，诗云虽然长相平平，可好多男生都乐意跟在她屁股后面转，这一点我开头不是很理解，可后来我却对她刮目相看了。那次，我把生活费弄丢了，没钱吃饭，她知道后悄悄递了五十块钱给我，还说不用还了。特爷们儿。

诗云这个善意的举动，在我心里生出了仰慕和崇拜，就这样，我少男的情怀被触动了。

从那以后，我总是不自觉地留意她，看见她跟别的男生在一起，心里就很不是滋味。

不久，我收到了诗云的小纸条："你有没有喜欢的人？"

我鼓起勇气，给她回了一张："有，那人是你啊！"

惴惴不安中，我收到了她的回音："我早就注意到你啦，但是我们还小，将来的事情等长大了再说，就这样约定了哦！一起加油。"

这样算是个好结局。每每想起自己暗恋的人也在偷偷地观察自己，我心里头总会涌出小小的甜蜜与美好。

那年夏天，我们都面临人生的一个岔路口，要么考上大学，要么就外出打工。那时，我们是这样想的，父母也都是这么认为的。

兴许是我运气好的缘故，竟然和诗云考上了同一所大学。那个时候，偶尔在校园里遇到诗云是件很开心的事，多少次，我绕很多的路就是为了能同她那擦肩的偶遇，她的脸会微微一红，说："嗨，这么巧啊！"

有一次相遇，诗云塞给我一封信，她说希望我能摒除杂念好好学习，只有学好了技术，将来的人生才会辉煌一些。然后又说，她对我情感一直没变，不知道我对她是否还有那种感觉，如果有，她不想错过一个彼此心仪的人。

诗云就像飘浮空中的云朵一样，可望而不可即。失望之余，我就想：这样的女子，即使发展成恋人关系，将来会不会有好的结果呢？我不太确定了。于是，我也就没给她回信，只把那份朦胧的感情埋藏在心底。

快大学毕业那会，我和诗云在校园的一片树荫下有过一次长谈。诗云问我毕业后去哪里，我说要回老家搞养殖业，我问她

今后的打算,她说要南下打工。为了理想,我们走向了不同的工作岗位……

同学聚会结束后的一个周末,我正陪妻子做家务,诗云打来电话,悄悄说:"等一下过来陪陪我,行吗?"见我不出声,她又补充:"只一次。"

我想了一下,说:"好吧!"

我故意喂了几声,将电话挂断,跟妻子撒了个谎:"老孙和几个朋友在酒吧喝酒,他抵挡不住了,让我过去救急。"

不等妻子同意,我离开家开着车在街道上转了几圈,才找到一家生活用品超市,我进去投币买了盒避孕套,就掉转车头拐进诗云居住的旅馆。

兴冲冲地敲门进去,我呆住了,妻子也在……见我一脸疑惑,妻子解释:"诗云是你的同学,也是我的好姐妹,我特意过来看看她。"

然后,妻子好像才发现了苗头,问我:"你不陪老孙喝酒,来这里干什么。"

我极不自然地笑了笑,不知该怎么回答。

少年赌徒

村庄通往小镇的山路边,经常有人聚赌。往返歇脚的时候,他会悄悄地去过过眼瘾。路边这种掷骰子的赌法很简单的,庄家用一只赤黑色的瓦钵做骰盅,往瓦钵里掷上三枚骰子,再用另一只瓦钵当骰盅盖,合起来使劲摇晃,庄家和玩家均不知道骰子的点数。因为这种玩法带有神秘感,现场气氛很好,往往三五个人开始,到最后路人越聚越多,不管是参与玩的,还是围观的,个个兴奋异常。他做梦都想试试。

有一回卖完柴回家,恰逢路边有聚赌的,他壮了壮胆子去赌,结果运气不济,抑大出小,抑小出大,三个铜板一会儿工夫就落入了庄家的口袋。

回到家,交不出钱,叔叔和婶娘问他钱去哪儿了。他如实说赌了。叔叔语重心长地告诫他不要参赌,庄家开赌有玄机的,一般人根本赢不了,十赌九输,总之赌博不是正道。

他年纪虽小,但性格倔强,胆子大,有着和年龄不相称的睿智。他始终觉得押宝并不像叔叔说的那样毫无胜算,肯定有规律可循。

过了几天,他接着赌,输了,叔叔怒骂了他。又过了一阵子,他还赌,叔叔恨铁不成钢,扇了他几巴掌。但过后他仍然我行我素,叔叔对他彻底失望,用竹枝抽得他遍体鳞伤。可伤还没痊愈,他又把卖柴得来的钱赌光了。

那天晚上没有月亮和星星，只有风肆无忌惮地在村庄上空呜咽。他不敢回家，像条流浪狗一样，孤孤单单地蜷缩在屋外的草垛里。

不知过了多久，他迷迷糊糊地听见从屋内传出婶娘的说话声："这么晚了孩子还没回来，不会出意外了吧？我们不能等了，要出去找找？"叔叔说："找个屁，这个败家子肯定又赌输了不敢归家。"

"你这个没良心的爷们！"婶娘骂了一句，点起草火把出了院子，沿着坑洼不平、弯弯曲曲的山道呼喊他的乳名。他悄悄地跟在婶娘身后，出了村庄才出声说："我在这里呢！"婶娘说："你个小兔崽子吓我一跳。"然后，她转过身，丢下火把，把他紧紧地拥在怀里，抚摸着他的头无限怜爱。

快到家门口时，婶娘掏出三个铜板给他，让他交给叔叔，就说是卖柴的钱。

他眼含热泪，第一次称婶娘为"娘"，心里似乎有千言万语，却说不出口。

老实了一段时间，往返卖柴时看到有人聚赌，他又手痒痒了，决定去试试手气。这一回，幸运之神眷顾了他，一上场接二连三地赢，他把赢回来的钱藏起来，心里预谋更大的计划。

他仍旧假装天不亮就上山砍柴，天擦黑才卖完柴从镇上赶回家，如数向叔叔上交三个铜板充当卖柴的钱。实际上，他天天去赌博了，他这方面的才华尽显，觉得路边小赌不过瘾，经常大着胆子悄悄去镇里的赌场，或者干脆租了马匹奔到县城的高级赌馆过过赌瘾，沉醉在里面自得其乐。

几年后，他个儿长高了人也成熟了，赌技更是到了炉火纯青的地步。从不断的实战中，他积累了丰富经验，不仅能隔空听出

"宝子"和"骰子"点数,而且练就了一副冷静的头脑,摸爬滚打中,他成为当之无愧的赌王。

那天,他买回很多肉和酒,挺直腰杆子和叔叔一起坐在院子的竹篱笆旁喝酒。他满脸绯红,豪情满怀,说起几年来的赌场传奇经历,眉飞色舞。

要不是他自己暴露出来,叔叔和婶娘还蒙在鼓里,以为他早改邪归正了,变成安守本分的好孩子了呢!不等叔叔和婶娘回过神来,他拉着他们来到地窖,看赢回来的金银财宝。

巨额的不义之财让叔叔和婶娘心惊胆战的,婶娘犹豫了一会儿对叔叔说:"孩子大了,是时候让他知道他父母去世的真相了。"

他紧张地跟着叔叔上了石山崖,在一处隐蔽的崖壁上,他见到了父母亲的牌位,只见父亲的牌位上醒目地写着"赌王"两个字。

叔叔对呆若木鸡的他说:"你爹十多年前赢了石山崖大土匪丁天霸的钱,他派人要了你爹娘的性命。"他幡然醒悟,慢慢地跪倒在爹娘的牌位前,暗暗发誓:今生永不再赌。

游　戏

秦老爷不怒自威，向一头雾水的三位公子宣布："崽啊，你们都长大了，也该出去见见世面了，为父想和你们玩一出游戏，是否愿意啊？"

"好，好！"大少爷喜出望外。因为他听说宝庆城怡红院的姑娘比秦家镇的水灵、漂亮许多，做梦都想去。

不过，事情完全出乎意料。秦老爷令他们几兄弟交出身上所有的钱和配饰，每人只发放少得可怜的五百吊铜钱和几件换洗的布衣，并且规定他们半年内不能回家。

五百吊铜钱仅够吃几餐饭的，几兄弟顿时傻了眼。

三少爷为秦老爷与小妾柳氏所生，柳氏年轻美貌，深得秦老爷的宠爱。这柳氏平时很会做人，跟麻子的关系处得不错，听闻此事，柳氏立马差丫鬟来请麻子过去问话。

麻子早就对柳氏的美色垂涎欲滴，现在美人主动示好，他岂能错过。麻子进到柳氏房间的时候，看到美人正对铜镜梳妆打扮。"你来了！"柳氏诱人的声音飘过来，麻子的心都醉了，一把从背后拥住她。

柳氏没有反抗，也没有主动，温柔得像一只任人摆布的绵羊。麻子却忽然停止行动，因为他改变主意了，要的是天长地久，而不是此刻拥有。

过了些时日，麻子跟秦老爷说少爷们娇贵着呢，这次没带什么钱外出，他担心发生意外，因此想悄悄地出趟门，去摸摸几个少爷的情况。

秦老爷也正有此意，他让麻子到账房支取了一大笔银子，并安排几位武功高强的家丁做护卫，以防万一。

麻子和家丁出了庄，在几十公里外的一户简陋农家庄院遇上了二少爷，他正和一位老人下棋。二少爷跟麻子说，离开家后，他原本打算去秦家镇找家客栈或者饭馆、澡堂子打短工，可半路上不小心扭伤了脚，是这位老爷爷收留了他。麻子关切地问二少爷身上的钱够不够用，要不要从他这里取一些。二少爷说不用，父亲给的钱他不仅一分没花，跟老爷爷上山砍柴挑到镇上卖，反而挣了不少。

麻子点点头，说那就好。他带着家丁继续去寻找大少爷和三少爷的下落。他们行经一处丛林时，冷不丁跳出几个持长刀抢劫的蒙面人，要麻子他们留下钱财保命，幸好几个家丁的武功不弱，反将劫匪打得落荒而逃。

家丁跟麻子反映，其中一个劫匪武功路数跟三少爷的极为相似，三少爷会不会当土匪了？麻子立即反驳，三少爷知书达理，武艺超群，岂是小毛贼可比的。

他们走走停停，一番苦苦寻觅，终于在宝庆城一家不起眼的怡红院找到了正在后厨干活抵债的大少爷，麻子赶紧替他交清拖欠的嫖资，把他赎出来。

待麻子领着大少爷回到秦家寨，二少爷，三少爷也分别按期归回了。

傍晚时分，秦老爷把他们哥仨，连同柳氏和麻子一起召唤到秦家祠，郑重地问起儿子们的收获。

大少爷说，他到宝庆城里玩了许多漂亮姑娘，终生难忘。二少爷说他跟一位老爷爷学会了砍柴、下棋，日子过得快乐充实！三少爷说，他从乡下贩茶叶到城里去卖，挣了好多钱。怕父亲不信，三少爷还呈上个沉甸甸的布袋子。

秦老爷接过布袋，打开看着里面的金银，脸上露出赞许的微笑。然后，他慢慢转身，面色凝重地斥责大少爷和二少爷："不成器的东西，刚知道吃喝玩乐，不懂生财之道，若是把家业交给你俩打理，到时坐吃山空，还不迟早把祖业败个精光。"

"哎……"秦老爷意味深长地叹了口气，拂袖而去。

夜间，三少爷悄悄溜进秦老爷的房间，长跪不起，秦老爷和颜悦色地问他所为何事。

三少爷坦承自己做错了事，那些金银是抢来的，他现在很后悔，今后愿以父亲为榜样，堂堂正正做生意，勤勤勉勉持家。

秦老爷连声说好，把装了秦家所有地契和房产锁匙的红木锦盒递给三少爷，三少爷不肯接，问秦老爷还有什么未了的心愿。

秦老爷指了指不知什么时候进入房间的柳氏和麻子，然后缓缓倒地断了气。

几天后，柳氏和麻子被逐出家门，住进了三少爷为他们准备的一处幽静宅子。

秦老爷离世前，是想让三少爷除掉柳氏和麻子，可他自己一直下不了决心的事，三少爷同样也下不了手啊！

白纱巾

麦穗山庄的佃户唐喜想去县城参加乡试考秀才，可家里穷拿不出盘缠，他抱着试试看的态度，去跟东家程老爷借。走到半路，一阵风吹来一块白纱巾，上面绣了个栩栩如生的持剑少女，唐喜爱不释手，小心翼翼地叠好放入怀中。

鸡窝里能飞出金凤凰吗？程老爷担心唐喜考不到秀才不说，到时还要身背债务，便好心拒绝了他。

唐喜失望地走回家，看到一位老婆婆在他家门口昏倒了。凭经验，他觉得老婆婆是饿昏的，连忙把她扶进屋，熬了一碗米汤灌进她嘴里后，她便醒过来。

老婆婆很健谈，虽然大了年纪，声音却十分动听，她自称是个无依无靠的外乡人，靠乞讨为生。

唐喜心想：自己爹娘死得早，反正孤身一人，倒不如认老婆婆做干娘，也好有个照应。当时，不管老婆婆愿不愿意，他跪地行礼，轻唤她为干娘。

老婆婆咧开嘴笑了，说自己苦了一辈子，这回终于有家有儿子了。

第二天，唐喜醒来，闻到了一股香味，他跑到柴房一看，干娘已经做好饭菜正等着他呢！

待唐喜把盘中的食物都塞进肚子里，干娘取来一个蓝花布袋塞到他手中，慈爱地说："喜儿，你不是想考秀才吗？现在就动

身去吧！”

唐喜喜极而泣，疑惑地问干娘哪来的银子，她说是自己乞讨攒下来的。

去县城的路途遥远，那晚的雨好大，幸好山路旁边有一座年久失修的山神庙，唐喜躲进去，找来干柴生起火，烤熟一只白天抓的野鸡，准备充饥……

这时，一伙强盗不请自来，他们笑哈哈地将野鸡抢过去，你一口我一口吃个精光，连块骨头也没给唐喜留。更可气的是，其中一个麻脸强盗还抢走了唐喜身上那个装有碎银的蓝花布袋。

正当强盗们得意忘形的时候，一块白纱巾从唐喜怀中飘出来，瞬间变成个蒙面白衣少女，她挥剑就刺向离得近的一个强盗……发生了这么奇怪的事，强盗个个吓得不轻，眨眼工夫都逃走了，消失在茫茫山色中。

那持剑的少女，刹那间又变成了白纱巾，唐喜赶紧上前捡起来，爱惜地放进怀里。

又走了几日，唐喜来到离县城不远的双远镇。午夜时分，一个漂亮的浪荡女子闯进入他入住的客栈，无限温柔地说：“公子，长夜寂寞，不如让我来陪陪你吧！”唐喜哪经历过这场面，魂都差点丢了。

这时，奇怪的事情又出现了，那块白纱巾又从唐喜怀中飞出，跌落于地，化作青烟而去。

白纱巾的出现，给了唐喜一个警示，他立马就将浪荡女子赶走了，然后睡梦全被白纱巾变成的白衣少女占据。

早上起床后，唐喜还特意摸了摸胸前的口袋，看看白纱巾回来了没有，可里面什么都没有。他带着失落的心情离开，进入到目的地县城，夜宿秀才客栈。

这家客栈有个优良传统,乡试前,他们会组织考生进行才艺大赛,成绩优异者,可免费食宿。

比赛的方式较简单,主要是对对子。可不知道怎么回事,才艺赛中表现出色的几位考生,后来不是忽然生了病就是被人打伤,带病带伤进行考试,成绩自然不理想。

揭榜那天,唐喜位居榜首,受到了县太爷的接见,一时名动全城。

第二名是本县商界巨贾万汇钱庄少庄主万霸,那天他不请自来,说是来给唐喜道贺,可客栈的其他考生像老鼠见到猫一样躲得远远的。

万霸客气地和唐喜聊了一会儿,邀请他外出喝酒,唐喜一入酒楼的雅间,就被万霸的家丁控制住了。万霸从腰间抽出佩剑,死死地架在唐喜的脖子上,吼道:"乡巴佬,你有什么资格跟我争第一?"

危急关头,一个持剑的蒙面少女从窗户口穿过来,将万霸及众家丁打得分头逃窜。

瞅准机会,唐喜趁其不备,揭掉了白衣少女的面纱,看到的却是一张奇丑无比,布满疤痕的脸,与他心头猜测和勾勒的美丽样子相差甚远。

唐喜呆若木桩。

"你……"白衣少女抹了抹眼泪就地一滚,又变为白纱巾飘远了。

几天后,唐喜回到家中,干娘不见了,桌上有一封信,他展开信笺,一行秀丽的文字跃入眼中:"痴情女子薄情郎,此恨绵绵……"

唐喜泪如雨下,直到他找了久住深山猎户家的丑女为妻,白纱巾都没有出现过。

奇　恋

　　麦穗庄少主程枫风流倜傥玉树临风，说媒的媒婆都快把门槛踏破了。可对那些如花似玉的大家闺秀，他竟视而不见，毫不动心。因为，他总觉得她们身上好像缺少点什么，具体是什么，他自己也搞不明白。

　　次年正月初五，新上任的县太爷携夫人曾氏，衙役、丫鬟一行十余人特意前来拜会程老爷。

　　县太爷夫人曾氏自称爱画之人，程老爷的夫人蓝氏高兴地说，若枫儿画艺上能得夫人这样的高人指点一二，荣幸至极。

　　于是，县太爷一行人分成了两批，县太爷及衙役随程老爷去会客厅喝茶闲聊，曾氏和丫鬟随蓝氏朝少爷的书房走去。

　　程枫生性好静，所以早些年，程老爷在庄外一处偏静竹林给他搭建了间不大但却很雅致的书房。蓝氏领着曾氏及丫鬟一踏进竹林，只听一阵幽幽的古筝声传来，弹的是宝庆洲大才子无歌的《无花果》。丫鬟调皮地对曾氏说："夫人精通绘画却不通晓音韵，而我恰好相反，等下我也要露一手，免得人家小瞧了我这个丫鬟。"

　　她们三个说着进入到书房，蓝氏唤程枫过来向曾氏行礼问好。曾氏仔细打量了程枫一番，说："久闻公子仪表堂堂，才华横溢，今日得见果然名不虚传。"程枫谦虚地回应："小侄不才，夫人抬爱了。"

丫鬟听了不客气地说："呦呦，有人嘴上这么说，怕是心里美滋滋的吧？人瘦得像麻秆，古筝弹得像怨妇，我看长相和才华都不咋地。你别不服气，本小姐，不，本姑娘就露一手给你听听。"说完，丫鬟毫不客气地一屁股坐到古筝前，边弹边唱起来……一曲终了，余音绕梁，简直是天籁之声。县太爷家的一个丫鬟都如此了得，不光是程枫，就连蓝氏也惊呆了。

程枫竟一时不知说什么好，这时，精灵古怪的丫鬟看透他心思似的说："我才只是个丫鬟，我家小姐的琴艺更是了得，你若是有心想拜我家小姐为师学古筝，我可以帮帮你，不过你得准备一幅画，委托夫人带给小姐作为拜师之礼。"程枫看了看娘，犹豫了一下，选了一幅麦穗庄写意风景图收好，交给曾氏。

用完餐，县太爷向程老爷一家辞行，说公务繁忙要赶着回去处理。临走时，丫鬟趁人不注意，悄悄地把一块手绢塞到程枫手里，说是她家小姐用过的东西。

那块手绢上面绣了一幅少女采莲图，图的下方，还绣了几行字：春情萌生的日子，荷叶已燃绿荷池，渴望与期待相约而至，莲的芳香潮水般夜夜漫来，你在何方看我，温柔看我烂漫盛开。

县太爷一行人走后，程枫常常看着手绢发愣，在心里勾画出丫鬟家小姐温柔而靓丽的样子，为伊消得人憔悴。

知子莫若母，蓝氏和程老爷商量后，备了厚礼派媒婆和家丁去县太爷府上提亲。可县衙的护卫告知媒婆，听说县太爷半年前在前来上任的途中突遇洪灾，一家三口及随从早已遇难，他们至今连县太爷的影子都未曾见着。

媒婆和家丁大惊，连爬带滚回来禀报。有这等蹊跷事，程老爷夫妇也吃惊不小，把真相告诉了程枫，程枫大笑，说："原来这家人来历不明，怪不得。"从此，程枫断了这个念想。

两年后，天下大乱，一群叛军攻入麦穗庄……危急时刻，只见一张麦穗庄的风景画从天边铺天盖地而来，瞬间将程枫一家卷走了。

程枫一觉醒来，发现自己和家人已身在离家万里的西子山一座茅草堂里，站在自己面前的竟是那个有过一面之缘的县太爷家的丫鬟。

"我怎么会在这里，我家的家人都还安好吗？"程枫着急地问她。

"他们都安全，你放心。"丫鬟答道。

程枫又问，"你家小姐呢？我想去拜会她？"

"她一直就在你身边陪着你呢！"丫鬟红着脸柔声继续说，"你爹曾搭救过我爹，我爹现在修炼成仙了。两年前，他领着我一家去拜访过你们，他当时的想法是把我许配给你，可我连你长什么样都不知道，便恳求爹爹准许我以丫鬟的身份与你会面……公子你品貌出众，我顿生爱慕。因此，这次你家有难，我就自告奋勇赶去把你们接了过来。"

原来丫鬟就是小姐，而且是个奇女子，程枫心花怒放。

桃花纱巾

父母遇害后,金镖苦练武学,一心想报仇。杀害他父母的,就是现今江湖上赫赫有名的桃花仙子,金镖手头最有力的证据是一块被鲜血染红了的桃花纱巾。

这纱巾,金镖平时都把它装在一个锦盒里,藏在家里最隐蔽的地方。这晚,他却例外地带着它出了门。

子夜时分,桃花庄院内两个夜巡的护卫眼前一闪,一道黑影飘到他们眼前。

"你是何许人也?深夜前来有何意图?"一个瘦高护卫吃惊地问。

"让桃花仙子出来见我。"金镖语气冰冷,不带丝毫感情。

桃花庄在江湖的地位很高,庄主桃花仙子武功深不可测,是一等一的高手,金镖竟然不知天高地厚直呼庄主姓名,两护卫大怒,拔出刀剑便向他发起进攻。

"就凭你们两个,挡我者死!"金镖的话音未落,两护卫的头颅已滚落于地,四只眼睛怒睁,充满了惊恐……桃花庄的人从睡梦中惊醒,大家从不同方向冲出来,将这个不速之客围住。

金镖根本没把这些人看在眼里,冲阁楼大喊:"桃花仙子,你再不出来,小爷今天就血洗桃花庄……"

"庄主一生疾恶如仇,劫富济贫,仙踪飘忽不定,我们哪里知道她身在何方?"说话的是桃花庄的吴总管。他这话也不假,桃花

仙子像蝴蝶一样飞来飞去的，今天还在古都，明天可能会在塞外出现。

可金镖哪肯相信，他剑气一指，那柄木剑像长了眼睛一样，在吴总管的胸口扎了个洞，鲜血直往外流。

正在这时，一个身着红色裙裤的俊俏少女从阁楼缓步走下来，看上去十三四岁的样子，她径直走到吴总管身边，把他从地上扶起来，又从怀中掏出一块纱巾堵塞住吴总管胸口正在冒血的剑洞。

"吴伯伯，这人是谁呀？怎么跑到我们庄里闹事来了。"

吴总管微微睁开眼，艰难地道："粉桃小姐，他就是江湖上传言的'无情剑客'，你快逃，去找你娘！"

吴总管强打起精神站起来，单掌一挥，轻轻将少庄主粉桃托起送至院墙外。金镖一闪身便跃到吴总管身边，木剑划破了他的喉咙。吴总管油尽灯灭，永远闭上了眼睛。

金镖捡起掉在地上的纱巾，那块泛黄的纱巾已被鲜血染红，上面的几枝桃花却鲜艳欲滴，他把纱巾紧紧地贴到胸口，回忆一幕幕催人落泪。这块纱巾他小时候经常见到，母亲用它给他擦眼泪、鼻涕、汗水，身上的脏东西，他曾好奇地问母亲为什么要在纱巾上绣桃花，母亲说纱巾是娘留给她的，因为娘喜欢桃花。

十年前的一个黄昏，九岁的金镖在位于黄毛山脚下的茅屋居外面看小鸡捉虫子，看蜻蜓在小溪边戏水，开心极了。

到了黄昏，看到小鸡都回家了，玩累了的金镖也往家的方向奔去。走进茅屋居，他亲热地喊爹喊娘，可是无人答应，借着从大门外和窗户口射进来的微弱月光，他看到爹娘倒在血泊之中……堵在娘胸口伤口的纱巾已被鲜血染红。

年幼的金镖吓得心都要跳出来了，他小心翼翼地来到娘跟前，抓起那块纱巾冲出家门。他边哭边往山下的小镇跑，他只想找个人多的地方，觉得自己只有到了人多的地方才不会害怕。

半路上，从后面伸过来一双脏兮兮的手抱住了他，那个人像飞一样把他带到一座陌生的深山里。后来，那个人成了他师傅，教他武功。

一袋烟的功夫，金镖凭借高超的轻功，已轻飘飘地落到粉桃前方。粉桃停住脚步，反而不再害怕了，指着金镖怒吼："无情剑客，你这个没有人性的家伙，你杀了我吧！本小姐十八年后又是美女一个。"

"我不会杀你，因为这个。"金镖扬了扬手中的纱巾，和颜悦色地将纱巾还给了她。

说时迟，那时快，只见一个红色的身影嗖地一下落到金镖和粉桃中间，来者正是桃花仙子。粉桃叫了一声娘，扑进她怀里。

桃花仙子轻轻推开粉桃，盯着金镖说，你是我孪生姐姐桃花公主的儿子。绣了桃花图案的纱巾你娘和我各有一块，那是娘送给我们姐妹的。顿了顿，桃花仙子接着说，这些年，为了查明你父母的死因，我东奔西跑一直没查出个结果来，直到最近，我才想明白，你爹娘根本没有死。难道不觉得你师傅很像你爹，你师母很像你娘吗？他们易了容的。

瞬时，金镖什么都明白了。

数年后，仇家乱世双雄率数百人围攻桃花庄，金镖奉爹娘之命前来保护山庄。由于心中没了仇恨，这些年来他的武学停滞不前，甚至退步了不少，由于武功平平，没几个回合就被乱世双雄刺了一剑，表妹粉桃冲过来掏出纱巾堵住了他身上的血口……

鱼　瘾

徐聋子和儿子都爱钓鱼。

徐聋子有根一丈余长的斑竹钓竿，节疤粗且节距短，起码在山谷豁口处生长十几年才有此仙风道骨。这根钓竿是他的宝贝，已与他相伴了四十多年。

他年轻钓竿也"年青"的时候，的确钓过不少鱼，就是前些年，乌江的鱼也很多。徐聋子随时出去，用不上一个小时，就会有所收获。那时江里的鱼多，钓鱼者却少，鱼儿没有经过锻炼，老实容易上当，随便挖条蚯蚓或捉条小鱼小虾挂在钩上，就能诱使一两斤重的鲫鱼上钩。于是，徐聋子常常扛着钓竿，手里提着装满了肥肥憨憨鲫鱼的水桶，踏着得意的步子去给饭店、食堂送鱼。有时候，路上遇到的街坊要买，他也卖，往往还爽快地送上一两条小的。

"你以为钓鱼完全是为了卖钱和吃鱼么？不，是为了过瘾。我很享受鱼儿被拉出水面时那种无法言说的快感。你不会懂的。"徐聋子常常这样对儿子说。

儿子在县教育局工作，也许是受了父亲的感染，他也喜欢钓鱼。他那套钓鱼装备，是教材发行站女老板送的，价值好几千呢！

近几年，在乌江边休闲钓鱼的人越来越多，好多县城居住的人，开着各式各样的小轿车来这里钓鱼已成为时尚。徐聋子现在不行了，有时清早出门，晌午才回，能钓到几条巴掌大的鱼就算运气好的了。

"爸,你那老一套该换了,现在的鱼精着呢,要在鱼饵上变些花样。"儿子把徐聋子拉到一边,指着正在用药物调配的香料,比画着说。

"滚滚滚,你懂个屁!你这不叫钓鱼,叫诱鱼。还有,你最好把那套高级装备还回去,老子担心你被她诱进了'粪坑'呢!"徐聋子没好气,像儿子那点岁数,他钓的鱼要用船装。他看不起儿子玩花招没真本事,更为儿子不清不楚的跟女老板混在一起揪心。

徐聋子避开儿子,选了一个河汊口下钩,蹲下去守了两个多小时,钩上的蚯蚓泡白了就换,儿子给的那包好烟抽了一多半,可始终不见鱼的踪影。正当他失去耐心时,水面上的"浮子"突然动了起来,他一扬钓竿,小鲤鱼就落到了岸边的沙滩上作痛苦扭曲状。

徐聋子高兴地挥挥钓竿,又把鱼扔进乌江里,让它带着鱼钩在水里奋力地游,奋力地挣扎……过了一阵,他开始收竿,鱼线绷得笔直,钓竿弯成弓状,那鱼儿离开水面的瞬间,他感到了一种舒心和满足的惬意。

这一幕恰好给儿子看到了,他抓了一把鱼饵藏在手掌里,咬着一支烟前来借火。乘徐聋子不注意,他反手奋力将鱼饵撒进水里。

儿子点着烟离开后,徐聋子把鱼钩上的鱼扒下来,重新将挂上蚯蚓的鱼钩撒进水里。

好运气似乎来了,不断有鱼儿上钩,徐聋子兴奋地冲儿子喊,"快来,现在这里的鱼多起来了,容易上钩。"

儿子却答非所问地回他,"爸,只要你开心就好!"

这小子话里有话,会不会?徐聋子正想着这个事,"浮子"又有动静了，他一激灵抓紧钓竿就往上扬，哪知鱼头刚露出水面，弯弯的钓竿就发出一声脆响，约一米长的竿尖已断在河里，不一会儿就被水冲远了。他是聋子，然而他似乎听见了钓竿断裂时发出的声响。

晚餐很丰盛，父子就鱼下酒，儿子说酒是老板娘送的，是好酒，让他多喝点。徐聋子从乌江回来就觉得胸口堵得慌，没喝几杯就醉了。徐聋子的老婆对儿子说，你爸老了酒量变小了，要是年轻那会，这瓶酒恐怕还不够他一个人喝的呢！

几天后，儿子被县纪委的人带走了，他那套高档装备成了徐聋子的宝贝。

现在，徐聋子也改用药物香料配制的鱼饵钓鱼了。

窗

　　父亲下葬后,母亲请来泥匠,用泥把与二叔家交接的间壁堵了起来,使原本相通的一家分成了两家。间壁中央有个雕花木窗,古色古香的,很精致,泥匠说这是件艺术品,拆了可惜,于是,那窗户被泥匠用桃木板封住,保留了下来。

　　二谷十岁那年,从南方打工回来的二叔开了辆小轿车,从村庄北面的大马路经过,二叔见了他停下车,和蔼地邀请他上车。二谷没坐过小轿车,很想坐进去威风一下,让村里的小伙伴们以后不敢小瞧了他。然而,二谷犹豫了好久,拒绝了。

　　二叔愣了一下,沉重地叹了口气,从车尾箱里取出几包新衣服和一袋糖果,往二谷怀里一塞,然后自个儿钻进轿车里驾车离去。

　　"你站住,你把东西拿回去!"二谷在车后面边喊边追,可哪里追得上。

　　二谷只好把东西带回家,跟母亲说是二叔给的。

　　母亲生气地打了二谷。二谷不服,抗议:"我又没问他要,是他自己要给的,我要还他,没追上。"

　　"你随便拿别人的东西,还有理了。"母亲打得更狠了。

　　大谷放学回家,见二谷被母亲打得鼻青脸肿的,急忙护住他。大谷把哭得很伤心的二谷拉到一边,告诉他,母亲不让他拿二叔的东西是有原因的。

那年,要是有钱,父亲得的病是可以医治的。母亲去找二叔借钱,二叔一毛不拔。那会儿,二叔在村里开红砖厂,是远近闻名的有钱人,怎么可能没钱呢?母亲始终认为,父亲的死,二叔是要负责任的。

还有,小妹三谷的死,二叔也脱不了干系。大谷说,母亲和三谷赶集回来的路上遇到大雨,石背河发大水,通往两岸的石拱桥被洪水淹没。母亲性子急,不等雨停水位退去,就要从石拱桥上淌过去。那次,二叔也在场,刚好站在离母亲不太远的地方,他劝母亲再等等不要急着过河,危险。母亲都懒得跟他说话,一手抱着三谷,一手提着购买来的日常用品,继续朝前走去……哪知,一个浪头打过来,母亲被掀翻了,三谷不幸被洪水冲走。

母亲急得要从石拱桥上跳下去捞三谷,二叔却冲过来,眼疾手快地将母亲死死地拉住。母亲说,你不让我去救三谷,那你要去救啊?可任母亲怎么哭闹、求情,二叔都无动于衷。

从那以后,母亲对二叔更恨了。

仇恨让母亲失去了理智,做了几件疯狂的事。二叔家的砖窑白天生火烧砖,晚上母亲带上大谷,摸黑去池塘里来回挑了十几担水,从窑顶灌下去……开窑后,二叔看到烧出来的红砖全是受不了力的黑心砖,知道是有人搞了破坏,气得和二婶一唱一和在村子里骂了一天一夜。那窑砖一块没卖出,二叔元气大伤,砖厂随后倒闭了。

失去了砖厂,二叔搞起了养殖业,养过鸡、鸭、猪,还养过狗,可他养什么死什么,最终一事无成,只好将院子上了锁,带上二婶和儿子臭狗去外地打工了。当然,这一切都是母亲和大谷的功劳。大谷跟二谷说这些的时候,相当自豪。

二谷却高兴不起来,他觉得母亲和大谷做得太过分了,害怕他们又会朝二叔家的小轿车下手。

果然，睡到半夜，二谷就听见大谷被母亲叫醒了，等他们走后，二谷也爬起来，远远地跟在他们身后，想看个究竟。借着微弱的月光，只见母亲撬开封住窗口的木板，大谷从窗口钻过去，跳到二叔家的院子里去放小轿车轮胎的气。可这时，意外的事情出现了，小轿车响起的急促警报声划破了夜的宁静，二叔一家三口从屋里冲出来，将大谷围住。

见事情败露，母亲躲了起来。二婶来到窗口喊："嫂子，你快来看看，你家大谷是不是梦游了，怎么半夜三更跑到我们家来了。"

过了好久，母亲好像才知道大谷去了二叔家的那样，来到窗口，有些不好意思地对二婶说："小孩子不懂事，你们多担待点。"

二叔轻轻地推了推大谷，说："你快回去，免得让你娘担心。"

大谷从窗口爬了回来。母亲又要动手封窗口，二叔和二婶同时说："大嫂，这窗你就别封了，我们一家已在城里买了房，这次是回来迁户口连同看看你们的，我们家的房子就送给你们了。"

那一刻，母亲呆住了，趴在窗口哭了许久。

凶　手

东四派出所接了一个警,出事地点位于水泥厂家属院。警员
夏三和几个同事赶到现场后,女主人把他们迎进屋内,介绍了大
致情况:她早上醒来,叫身边的丈夫没有反应,再一看,发现他身
上有干涸的血迹,所以报了警。

夏三大着胆子解开死者的上衣,一个骇人的情景惊现在眼
前,尸体胸部有一个大约 3 厘米左右的伤口,就像婴儿的嘴巴微
张着,似乎在诉说着什么。等夏三他们拍完照,收集好证据,殡仪
馆的运尸车赶来将尸体拉走了。

初步调查得知,女主人叫闫霞,在珠宝店当售货员,死者利
健文是水泥厂的一名中层干部,俩人育有一个小孩。

自己的男人睡在身边怎么死的都不知道,可能吗?! 即使不
是她杀的,最起码她应该知道一点点内情吧? 夏三他们紧接着对
闫霞进行审讯。可忙活了大半天,闫霞不仅没有交代杀人的动机
和情节,甚至连利健文什么时候回来,睡觉当中有什么动静,都
交代不清楚。

再看看利健文的情况吧,他与闫霞的性格截然不同,他是个
活跃分子,喜欢结交朋友。当然,夏三他们很希望从男女关系方
面入手,找到一个突破口。但这往往又是一个很隐秘的网,就像
山涧的一团雾,远远看着有,当真的走近去捕捉的时候,却什么
也没有,似是而非隐隐约约,形不成一组可信的证据。

再次去看守所提审闫霞，她说他们家的钥匙被盗走过。案发的前几天，她在厨房炒菜，感觉客厅有响动，转身到客厅，只看见一个黑影嗖地跑了出去。后来她查了查，没有发现家里丢了东西，只是不见了一串插在房门锁孔内的钥匙。

看来这个案件真没有那么简单啊？那个偷钥匙的人与利健文被杀到底有没有联系，案犯杀人的动机到底是什么——图财？报复？还是情杀？为什么凶手要冒险将利健文杀死在家中。毕竟，他当时身边还睡着一个女人啊？这是夏三他们感到最不可思议的问题。

又过了些日子，夏三他们接到利健文邻居老王的电话，他说昨天夜里可能有人潜入利健文家里了！因为，他家客厅以前紧闭的窗户全打开了。

自从利健文被害后，他们家也基本算是散了，妻子闫霞被警方控制，儿子被父母带回乡下去住了，他的丧事还是由单位料理的。是谁进了杀人现场？为什么要去杀人现场？围绕这个新的疑团，夏三他们又展开了新一轮调查，然而还是一无所获。

没有证据证明闫霞就是杀人凶手，两个月后，夏三奉命去释放她。办完手续，夏三领着她走出监狱大门，她婆婆领着孩子却意外地出现了，老太太喃喃地道："俺就不相信小霞会杀人，俺自己的媳妇俺不会看走眼的。"

闫霞上前去一手搂住孩子，一手抱着婆婆，什么话也没有说。

到了那年冬天，夏三他们破获了一起特大金融诈骗案，涉案金额高达千万，几个犯罪嫌疑人从外地押回来时，大街上涌动着围观的人潮，鞭炮声、锣鼓声此起彼伏，整个县城都沸腾起来，像过年一样洋溢着喜庆热闹的气氛。就在这时，闫霞挤到夏三身边，她脸上映着红晕，眼里透射出少女般纯洁而又兴奋的光芒，说："你们警察真有本事，这么大的案子都破了，那我家的案子有眉目了吗？"

闫霞的后半句话一下子把夏三得意的神色冰封在尴尬与难堪之中，他略一沉思，道："那个晚上到底发生了什么，只有你自己最清楚？"

夏三的话就像一把尖刀刺在闫霞心口，她面部肌肉猛地抽搐了一下，脸色一下子灰白。

第二天晚上，夏三跟交警队的兄弟喝酒，闲谈中，他们提到了白天的一起奇特的事故：有个女人翻越城区马路的护栏，腹部被护栏上的铁刺扎了个洞，她竟然自己步行到医院进行救治……

"我知道凶手是谁了？"夏三兴奋地大叫一声，跳起来就往医院赶，在住院部3楼的病房里，他看到了闫霞那张熟悉的脸……

见到夏三，闫霞很紧张，夏三上前紧紧地握住她的手，嘴里喃喃道："你不是凶手。"

她

闲得无聊,我窝在被窝里和她断断续续地微信聊天。

"你说做我女朋友,是不是真的?小丫头不会在骗哥开心吧?"

"哪能,我是认真的哦!这么清闲,今天不用上班吗?"

"不用,我上晚班。"

"那过我这边来玩,中午请我吃饭呗!"

才通过微信和她认识,她竟然好意思让我请吃饭,不会是遇到饭托了吧?我想了想,来了句:"行啊,去到我请客,你买单!哥没发工资,钱包空空的。"

她竟然说没问题。去就去,男子汉怕什么。

转了几趟公交车,来到与她约定的地点,我打电话给她,告诉她自己已经到了。

她从对面一个大厂里走出来,根本不像微信里那个阅历丰富,历尽沧桑的打工妹,看上去分明就像个刚念完初中的"学生妹"。她十八九岁的模样,天生丽质、清纯典雅,超凡脱俗,宛如一朵盛开的桃花。

"想不到我这头'老黄牛'竟然会吃上新鲜的'嫩草',真是艳福不浅。"不过,这更加深了我对她的怀疑。

"你看我像不像你梦中的那个她?"

"不好说,我真的怕自己配不上你……"我有些自卑了。

她笑了起来，主动上前挽起我的手臂说："行了行了，男人扭捏个啥，走，我们吃饭去。"

到达三月大酒店门口，我偷偷地摸了摸自己的口袋，犹豫不决。因为，去这样豪华的地方吃餐饭少说也得上千块。

"你看，咱们能不能换一家，又没有外人，不能太浪费了哦！"我小声地提醒她。

"又不要你掏钱，你紧张啥。"

她这么说，哎，我只能硬着头皮跟她进去了。

三月大酒店二楼的贵宾厅，她豪气地点了一大桌子的菜，还有两支进口红酒，我从来没有吃过这么上档次的大餐，按说应该兴奋和开心才是，可我却食之无味。

饭桌上，她说小时候家里穷得吃不起肉。带我到这么好的地方吃饭，竟然说自己出身贫寒之家，我说出了心中的疑惑："你请我到这么阔气的地方，一点都不像个打工妹嘛？"

"不是打工妹难道是老板娘，你又不是老板，你是老板我不就成老板娘了。"她调侃。

她尽兴地吃着喝着，过了一会，她跟我说要去方便一下。我猜想她是想要溜了，可我宁愿吃亏也不拆穿她。

等她走了，我立马叫来服务员买单。服务员算了一下价格，2366元。

"天啦，一个月工资就这么没了。"虽然心里叫苦不迭，但表面上，我故作大方地把信用卡交给她去刷费。

服务员走出门口，职业化地回头对我妩媚一笑，问：老板，要不要开收据或者发票？

还报销呢？我一个打工仔，找谁报。不过，转念一想，我觉得开个收据留个纪念也无妨，没事的时候拿出来瞧上几眼，想想自

己还和美女在高档酒店享受过的"浪漫",多好的事情。

"那麻烦你给我开个收据。"

"抬头和内容怎么写？"

"抬头不用写，内容你就写叶钢和美女骗子的就餐费。"

"先生，您好逗，我们可是正规酒店。"服务员乐得笑出好大声。

服务员刚离开，她居然回来了。我吃惊不小地问："你怎么还没……走？"

她回道："我都没吃饱，再说你还在这里，单也没买，我怎么能先走了呢？我只不过去了趟洗手间，不是跟你说过了吗？"

这时，服务员手持读卡器进来让我按信用卡的密码，并将收据递给我。

"不是说你请客，我买单的吗？"她眼疾手快，一把夺过收据，看了看后脸色大变，质问："你看我像是骗子吗？"

她狠狠地把收据扔向我，满脸不悦，然后从包里掏出一沓钞票砸在桌上，气呼呼地离去。

一周后，我接到派出所一位警官的电话，他通知我："你女朋友在酒店当饭托，使许多网友上当受骗，已经被我们依法刑拘了……"

我不知该如何向警官解释，因为原本就是我匿名举报了她。

神 探

在没认识女朋友小曼前，我对光顾女性内衣店有一种本能的抗拒，因为店内花花绿绿全是女人的东西，我一大老爷们进去还不被人家笑话死啊！不过，后来不这么想了，因为小曼是服装公司的内衣模特，我要是对内衣一点了解都没有，还真说不过去，思想观念一转变，把逛女性内衣店当成乐趣后，心里就舒坦多了，赏心悦目的内衣内裤见得多了，对它们的品牌、价位、款式、材质、做工、质感、颜色、舒适度都有了一定的认知和了解。好的内衣内裤贵的达几百上千元，贵有贵的道理，好的内衣内裤用料讲究，一般采用真丝绵、蚕丝等，且做工精细，款式新颖时尚。

然而，让我始料不及的是，因为对内衣内裤的了解，居然助我侦破了一宗命案！

我们局的程副局长在虾皮公园晨练时，发现一具女尸，接到报案后，我们刑侦中队自然高度重视，专门组织召开了案件研判会。

法医介绍完尸检情况后，程副局长意外地出现在会场，并给大伙做了动员，要求我们快速有效侦办该案。接着，他挨个点一些有办案经验的老刑警的名字，询问他们的侦破思路和想法，被点到名的都尽力回答了几句，说了一大堆的不排除，可这些不排除对案件的侦破工作并没有实际的意义。虽然我坐在角落里，但程副局长也没有放过我，问我有什么要补充的。

我站起来说，自己才疏学浅，各位同事已把案件分析得很透彻，只是想问一下法医，女尸穿的内裤是否为"妮妮"牌？

法医吃惊地回答是的，接着问我是怎么知道的？我说，听你介绍女尸穿着一条薄如蚕翼、前后印有粉红色蝴蝶的内裤，我便猜出来了。据我了解，这个牌子的内衣内裤刚上市不久，前几天我和女朋友逛商场的时候，就去过这家品牌的专卖店。

"想不到你还有这嗜好。"会场内有人哄笑出声。

程副局长扫了他们一眼，威严地说："有这么好笑吗？都给我放严肃点，小李，接着说。"

我沉吟了一下，说："当时店员让我女友留下了身份信息办了张优惠卡，店员声称办了卡成为会员后，可以打8.5折的。所以，我觉得从这个品牌的内衣店着手，说不定就能找出死者的个人信息，侦破该案。"

程副局长满脸红光，清了清嗓子冲我说："别秀才谈兵，光说不练，这个案子就由你负责去调查吧！"

散会后，程副局长特意把我叫到他办公室，鼓励我漂漂亮亮地把案子办好，别让他失望。说实在的，我很感激他，队里就我资历浅，如果我真能把案子破了，那我以后的地位会显著提升。

我信心满满地跑去"妮妮"专卖店总部，把会员的资料全调出来，然后挨个打电话核实，一上午打了两百多个电话，口水都讲干了，不过还好，她们都还活得好好的，安然无恙，让我感到欣慰。

最后，只剩一个人的电话没打了，那人就是小曼。由于这段时间工作较忙，没有联系她，会不会？我立马拨打她的手机，关机了。

不会真有什么事情发生吧？

我心里越想越觉得可怕，连忙冲下楼，跳上警车，直奔小曼的公司而去。

　　见到小曼是在她老板的茶艺室，正仪态端庄地给几位远道而来的客户泡茶，我悬着的心放了下来。

　　听小曼介绍了我的警察身份，喝茶的几位中，有一操北方口音的老板站起来热情地与我握手，说跟他一起来的女助理几天前出去会见客户，直到现在也不见回来，手机一直打不通，失联了，可是他又怕她是办完事后与别的男人约会去了，一时拿不定主意要不要报警？他想征求我的意见。

　　一问情况，他助理的长相和身材与女尸的情况基本相符，顺着线索追下来，原来是死者约见的男客户见色临时起意，奸杀了她。案子，就这样破了！

　　几天后，程副局长来到我们中队，扬起一张报纸笑眯眯地说："记者来采访了！"我接过报纸，看了看哭笑不得——记者竟将我吹嘘成仅凭一条内裤破案的"神探"！

全民微阅读系列

考　验

梁吉在鲜花店徘徊好一阵，最终选定一束火红的玫瑰，他想只有它才能代表自己的心声。梁吉带上花，早早地守候在淑梅的单位门口，想给她意外惊喜。然后，带她去看一场浪漫电影。

这时，一片片乌云笼罩过来，天空顷刻间有大粒大粒的雨点掉下来。

不远处有一个公用电话亭，梁吉忙护着花冲了进去避雨。随后，又有个身披橘黄外套的陌生女孩闯进电话亭，她对梁吉莞尔一笑，梁吉慌忙把花藏到身后。

这场突如其来的雨把计划全打乱了，梁吉心想应该给淑梅打个电话，确定一下她现在到底在什么位置，可她的手机却一直无法接通。

雨稍小些，一辆出租车刚好从电话亭前缓慢经过，女孩走出去叫停出租车，匆匆而去。

梁吉和女孩原本是一场极其平常的偶遇，谁都不会放在心上，但关键是女孩遗落了一个挎包在电话亭。那个默默躺在电话亭一角的米黄色挎包，让梁吉左右为难，遇上这种事情，谁都不能不管。想来想去，梁吉决定在原地等女孩回来取包。

事情就有那么巧，梁吉没把女孩盼来却等到了淑梅，只见她一手捧着个毛茸茸的大公仔，一手搭着个高大帅气男孩的脖子，俩人有说有笑地从电话亭前经过。当时，一股寒流从梁吉后背穿刺而过,他没有喊她,手中的玫瑰无声地摔落于地。

梁吉不知自己后来是怎样回到家的,一觉睡到中午,醒来后看到枕在头下的米黄色女式挎包,才想起昨晚被淑梅气糊涂了,没等女孩赶来取包就走了。

为了尽快联系失主归还失物,情急之下梁吉打开挎包,希望能从包里找到联系线索。

挎包里除了钱、银行卡、身份证外,还有几件化妆品和一叠凌乱的名片,从证件上,梁吉得知女失主的名字叫艾米丽。

梁吉随便抽出一张名片,拨过去,"请问您认识艾米丽小姐吗?"

"认识啊!"停了停,对方警惕地反问:"你谁啊?找她怎么打我的电话?死骗子。"对方狠狠地收了线。

梁吉待了半晌,拿起另一张名片。这次他直接地说,"艾米丽小姐掉了一个包,被我捡到了,她包里有一枚您的名片,所以我打给您了,请问您认识她吗?"

对方说,"能不认识吗?艾米丽是我的同事兼室友,刚才她还为丢包的事发愁呢!这下好了。"然后,她走过去把电话交给了艾米丽。

艾米丽轻声笑了笑,问:"您是昨晚在电话亭避雨的那位先生?"

梁吉说是啊!并和她约好见面,以便原物奉还。

见了面,艾米丽接过挎包打开看到钱和证件还在,不由地对梁吉心生敬佩之情,要请他吃饭表示感谢。早上没吃早餐,刚好到了中午吃饭时间,梁吉也就没推辞。

湘菜馆的生意不错,他们好不容易才找到空位坐下。

梁吉要了豆腐炒肉、血酱鸭,红烧排骨,外加一个青菜,俩人边吃边聊,艾米丽提到那天那束花的事,梁吉解释:花是送给一个普通朋友的生日礼物。

"仅仅是送普通朋友吗?"艾米丽随口问了句,脸上闪过一个让人难以琢磨的表情。

过了些日子,艾米丽主动约梁吉去看电影。

是部恐怖鬼片,银幕上的画面让人揪心:女鬼干枯如鸡爪的手捏住了秀才的脖子,质问他为何要毒死自己?秀才辩解道,谁叫你要变心,我曾目睹一个陌生男人给你送绣花鞋。女鬼说,那男的是我远房表哥,他进城办事,顺道来看我,鞋是姨母托他带给我的礼物……

胆小的艾米丽柔柔小手主动握住了梁吉的手,人也侧身扑进了他怀里,可不知为什么,刚才的电影画面让他心里发颤,于是梁吉轻轻推开了艾米丽,说,"我们之间了解不够深,这样不合适。"

艾米丽起身离开后,电影院里的灯光咔咔一下全亮起来,屏幕上出现了一行巨大字幕:"恭喜梁吉先生通过测试,咱们结婚吧!淑梅!"

这真是一场别开生面的电影,颇觉意外的全场观众继而鼓起了掌。

较 量

　　王明早年丧妻，女儿在国外求学，到 W 市任安监局领导以来，"好心"的矿老板怕他一个人寂寞，总是撮合给他找个贴心的保姆。

　　次数多了，王明推不掉，勉强收下了矿老板送来的保姆花儿。

　　花儿和她的名字一样，是个能照亮男人心的年轻美貌女子。王明决定将计就计。

　　面对花儿的百般挑逗诱惑，王明似乎很享受，两人搂搂抱抱、亲亲小嘴那是常有的事，可一到关键时刻，他就显得力不从心。花儿在这方面相当有经验，认为他长期一个人生活，阴阳失调，保不准患了性冷淡或者阳痿什么的，建议他去看医生。

　　过些日子，从外面回来的王明把一份医院的诊断书丢到花儿面前，笑着说，宝贝，你都成医生了。花儿拿起诊断书一看，结果真如自己所说。往后，王明去医院的次数多了起来，常带回些补肾壮阳的药物。

　　为此，每次向矿老板汇报王明的动向时，花儿没少趁机抱怨王明不是个真男人。

　　矿老板疑惑地问："你会不会上他的当了？被他当猴耍？"

　　花儿不服气地回敬："王明就是一块铁，见了本姑娘还不融化了，你又不是没领教过。"

面对电话那端娇滴滴的花儿，矿老板心痒痒了，忘了她在王明家的日子，俩人不能见面的约定，力约她在老地方见面。

花儿有些担心地说，还是不要见面了，万一哪个环节出了差错，我们不是前功尽弃，白费心机了吗？矿老板说有什么好怕的，除非你变心了。花儿哪有不答应的道理。

收拾打扮一番，花儿给正在外地出差的王明发了条手机短信：亲爱的，向你请个假，我父母生病住院了，我要回老家一趟。

不等王明回复，花儿出了门，警惕地上了停在路边的一辆黑色小轿车，直奔紫蓝酒店308房。矿老板等候在那里多时了，他俩轻车熟路，直奔主题缠绵在了一起。

完事后，花儿说好想回矿场看看，自己虽然只是个挂名的副矿长，但心里一直担心矿场的生产经营情况。矿老板责怪花儿头发长见识短，在全市严打整治黑矿点的非常时期，一定得想方设法抓住王明这根救命稻草。

正在这时，矿老板的手机猛然响起，格外刺耳，他生气地按下应答键，只听手下老黑急促地说，"不好了，老板，来了几十个安监局的工作人员，说我们不仅无证经营，存在严重的安全生产隐患，还涉嫌采用暴力手段欺压矿工，已经把我们的矿查封了。"

矿老板无力地放下手机，用求助的眼神看着花儿，花儿跳起来抓起手机拨王明的号码，欲向他求情，可语音提示已关机。

矿老板感到大事不妙，连忙起身穿衣服，哪知却从衣柜里蹿出一个陌生女子来，以迅雷不及掩耳之势夺门而去。

等矿老板反应过来追出去，哪里还有女子的影子。

花儿以为矿老板金屋藏娇，一时醋意大发和他闹了起来。矿老板来气了，冲她发火，吼道：我们可能遭人暗算了，你还有心思争风吃醋。

花儿吓坏了,立即偃旗息鼓。女孩什么来头？矿老板理不出个头绪来,他索性心一横,冲出门去。可是,晚了,早已等候在那里的公安人员团团围住矿老板,给他戴上沉甸甸的手铐。

矿老板被抓的第二天,W市主流报纸、网站用显著位置刊发了美女记者卧底采写的新闻稿件。当然,花儿和矿老板约会的地点是王明有意透露给她的, 她还从王明那里得到了花儿和矿老板的通话录音。

红舞鞋

从典石酒吧出来，利强谢绝了客户要用小轿车护送自己的好意，一个人摇摇晃晃地走在回工厂的路上……头脑稍微清醒些的时候，他发现自己躺在一张宽大的席梦思床上，床边竟然坐着个长发披肩的女孩。

好面熟的一张脸，利强想起来了，在酒吧的时候，她一个人坐在角落里喝闷酒，几个流里流气的男青年调戏她，是他出面制止的。出于感激，她还主动请他喝了杯鸡尾酒呢！

"是你救了我么？"利强边说边要坐起来道谢，却被她按住了，她说："没什么，我们有缘。"

在女孩家住了两天，利强身体恢复得差不多了，也该走了。他跟女孩道别的时候，她坚持送他出门口，关切地嘱咐他以后别喝酒了，以免再伤身体。他嘴里应承着，目光却被一双摆放在门口的红舞鞋吸引住了。

为了明天更美好，三个月后，利强辞了职去寻找新的工作。几天后，红盒城电子厂通知他去面试。可是，从公共汽车上下来，他的毕业证书和资格证书统统不翼而飞，没有证件，不但眼前这份工作泡了汤，而且以后的工作都不好找了，真是屋漏偏逢连阴雨。

心烦意乱的利强无计可施，一直在工业区的马路边徘徊。突然，他看到有人正往远处的围墙上贴些什么，走近一看，原来是一家俱乐部的招工公告,更让他动心的是不限学历。他决定去碰碰运气,先找个地方混口饭吃再说。

倒了几趟公交车,利强找到这家俱乐部,只见门口立着块红舞鞋标志的霓虹灯装饰牌,他联想起来了,那个女孩家中就有一双这样子的鞋:红得醒目,红得娇艳。

面试很顺利,利强成了"红舞鞋"俱乐部的一员。这份工作说简单也不简单,说不简单也简单,就是整天不停地观看闭路监控屏幕。

日子不紧不慢、相安无事地过了一天又一天,直到有一天,看到两辆警车急速朝俱乐部奔来,利强预感大事不妙,立即按响俱乐部的"紧急逃跑"装置……警察给来不及撤离的他戴上了手铐。

不久,利强被关进了派出所的审讯室。

利强做足心理准备,等待警察来录口供,但却一直没有人来找他的"麻烦"。到了晚上,才有人打开房门,叫道:"小伙子,出来,原来是场误会,有人接你来了。"

懒洋洋地迈出了派出所的大门,利强的头儿李经理和一个穿红衣裙的女孩远远地迎上来,急切地问:"你没事吧?"他装出满不在乎的样子,说:"没事,就是待在里面有点儿闷。"

就在利强几乎要认出女孩时,李经理张口介绍:"这是虹姐,我们俱乐部的大东家,要不是她,你不可能这么快被放出来。"他感到纳闷,这个跟自己有缘的女孩怎么会有如此大的来头?

迟疑了一下,利强不露破绽地冲女孩说:"虹姐,谢谢你的帮助。"女孩轻轻一笑,转过身对李经理说,"你的马仔真会说话,我一会儿带他去吃夜宵,你不介意吧!"他哪有不答应的道理。

女孩一会儿把车开得飞快,一会儿又慢得像蚂蚁爬行,看得出来，她此刻的心情复杂而烦躁。过了许久，她终于出声了："当看到被放出来的人是你时，我恨不得过去狠狠地抽你几耳光，不管你有什么理由，都不应该来俱乐部的。"

"要不是弄丢了证件，我会去那种肮脏的地方工作吗？"虽然满肚子委屈，但利强努力克制着没出声。车终于在一条寂静的公路边停下来，女孩打开车窗燃了一支烟，吸了两口摁灭了，下很大决心似的对他说："我要你马上离开这座城市，你肯吗？"

利强先摇摇头，接着又点点头。

女孩深情地望了利强一眼，问："难道你不想知道原因吗？"他说："不了，你肯定有自己的理由，有些事不说明白还好些，至少回忆中会完美、灿烂一些。"她弯下腰脱下一只红色的鞋，边递给他边道："没什么送你的，送你只鞋吧！"

当晚，利强带着女孩送的那只红舞鞋，登上了最后一趟开往北方城市的列车。

后来，利强从网上看到一则使自己目瞪口呆的消息：那个叫麦虹的女孩及其团伙成员涉嫌操纵卖淫团伙被捕入狱了。

霎时，利强明白了她的良苦用心，一直珍藏着那只红舞鞋。

城市情事

这是一个暖暖的秋日,秋红忽然觉得肚子隐隐作痛,于是对正在上网的老公艾明说,"陪我去趟医院吧!"艾明冷漠地回答走不开,有个女网友因感情的问题要自杀,自己得安慰她。

"你有时间陪一个无关紧要的网友,却不在乎生病的妻子……"秋红越想越气愤,抓起车钥匙到车库发动车辆,冲出了小区。

医院很静,导医小姐把秋红领到一个光头医生那里。光头医生示意秋红坐在对面的椅子上,慢条斯理地询问她哪里不舒服,都有什么症状。秋红说没什么大碍,只是肚子有点疼而已。光头医生轻轻哎了一声,道:"我的漂亮小姐,肚子疼可不是小事,前几天有位靓女肚子疼,结果是肠癌。"光头医生这么一说,秋红有些紧张了。

光头医生开了一张单,让秋红去做 B 超。秋红交了钱,做了 B 超,等了半个多小时拿到结果下楼的时候,遇一男子靠在墙根处讲电话,只见他的脸笑成一朵花,声音激动:"宝贝,我们自由了,我老婆刚才在医院不治身亡了……""没心肝的东西,死了老婆还这么高兴,是不是人啦?"秋红没好气地骂了句。那男子立刻用手捂住手机,不甘示弱地回敬:"神经病,关你什么事,说不定你死了,你老公比我还高兴呢!"秋红自讨没趣,扭头便走。

秋红再次来到诊断室,推开虚掩的门,只见光头医生把住一位年轻女孩的手腕,眼睛直勾勾地盯着女孩丰满的乳沟,女孩满不在乎,娇柔地问光头医生:"大哥,你仔细看看,最好是开点药吃,可别让我打针,我怕疼。"光头医生眼睛里放出奇异的光彩,说:"靓女,乳房有事怎么能看得见,最好是摸摸,用手感觉一下,要不怎么知道里面是否有肿块?"准备动手的时候,光头医生这才发现呆呆立在旁边许久的秋红,他先是有些不好意思,接着恼怒地指了指门外,命令道:"请你先出去,顺便带上门,等我给这位病人诊断完了再来。""嫌我妨碍了你们的好事吧?真是一对不知羞耻的狗男女。"秋红狠狠地骂了句,出了去。接着,秋红听见门咔嚓一声,从里面反锁住了。

等了好一阵,也不见那女孩出来,口干舌燥的秋红去医院旁边的商场买了支矿泉水解渴。再回到医院,诊室的门已打开,秋红走进去将检验报告单扔给光头医生,光头医生拿起来认真地看了好一会儿,脸色渐渐地凝重起来,他对秋红说:"你这是子宫癌晚期。我奉劝你别治了,免得到时人财两空。"秋红不相信地问:"你是在和我开玩笑吧?""开玩笑?你看像吗?生命攸关的事,岂敢拿来开玩笑。不信,你可以到上级医院复诊嘛!"光头医生很肯定。

瞬间,秋红的心像被人用锄头挖出来一样,疼极了。随后,她的眼泪就流出来了。

秋红拖着灌了铅一样沉重的双脚走到小车前,钻进去发动马达驶出医院。秋红没有回家,她花了一百多元在麦当劳美美地大吃了一顿,又去漂亮宝贝买了那件自己以前去看了多次,却一直舍不得花三千多元购买的裙子。然后,打电话给以前的男同学,约他喝咖啡。尽管时隔多年,早已物是人非,但聊起以前的事俩人感触颇深,秋红觉得,要是当初选择的不是艾明,而是这位男同学，那么自己的人生也许将是另外一番境遇，是别样的风景。两人越聊越投机，察觉到夜深了，男同学提出送秋红回家。秋红摇摇头，眼光有些迷离地问男同学："你不觉得我们今晚要发生点什么吗？"男同学一怔，随即道："我们都是有家室的人了，还是保持当初那份纯真的爱在心中一直到老吧！"秋红笑着说："你这人就是太理智，要不是你当初也像块木头不解风情，也许我们早就是一对了。"

男同学轻轻地拍了拍秋红的肩，小声道："我将你的爱埋在心底的，孤单时候一想到世上有你一直爱着我，一切都会美好起来！"秋红伸手使劲地捏了一下男同学的脸，嘴里说他油嘴滑舌，心却想：有那么高尚吗？真是悲哀，想疯狂一次都难。

正在这时，光头医生搂着个女人走进了酒吧，见到秋红，他主动招呼："靓女，你男朋友好帅啊！"秋红应了一声，这才看清光头医生身边的女子就是白天那个女患者。于是，秋红心照不宣地朝他点点头，两人会心一笑。和男同学分手后，秋红将车开得要飞起来，一下子就到了家门口。

艾明不在家，留下一张纸条：红红，我去陪那位想自杀的网友了。秋红抓起电话，想了想，又放下了。

第二天，艾明回到家，在卫生间找到了秋红。只见秋红平静地躺在浴缸里，身上涂了一层鲜艳的红色……她割腕自杀了。

后来，艾明在自己的 QQ 空间里发现了秋红的留言：亲爱的，我走了，你却自由了！但是亲爱的，你一定要记住我们曾经的恩爱与美好，包括我美丽的样子。

城市总有太多的忧伤。从此，艾明不再上网，也不再约见网友，他和酒交上了朋友。

抓捕

　　从警第五个年头，我结婚了，可是新婚那夜，我们派出所接到辖区黄家岭村民张天盗伐柏木的案件。电话里，所长不好意思地对我说，"有任务，我们所人手不多的情况你是知道的，只好委屈你了……"

　　挂掉电话，我抱住妻子，小声地在她耳旁说了声"对不住了哦！"妻子往我胸口擂了一拳，红着脸道："瞧你那傻样，快去吧！"所长已经开警车来到我家楼下了，我小跑着下去，跳上了警车。

　　警车一路疾驰进了黄家岭，我们在张天家的屋后找到了八根还没来得及削皮的柏木，通过丈量超过五立方米。很明显，张天的行为已经触犯了法律。然而，当我们决定对张天进行拘捕时，才发现他早已不知去向，只见到他年迈的母亲和刚过门的媳妇。

　　为了尽快抓获嫌疑人张天，早日把案结了，我在正常的值班、备勤外，还得经常翻山越岭到黄家岭进行走访，了解他的动向。可惜的是大半年过去了，黄家岭的山路都快被我踏平了，仍然没有张天的半点信息。

　　中秋佳节那天傍晚，我下班后骑在摩托车上，一边赶路一边想着妻子迷人的酒窝和温柔，恨不得把摩托车当飞机来开。

　　这时，手机不识趣地突然响起，我只好刹车靠边停下接听，黄家岭的村支书告诉我，他听说张天今晚可能潜回来和家人过

中秋节。得知信息，我既喜又怨，喜的是嫌疑人终于出现了，怨的是他早不回晚不回，偏偏这个时候回来。

此刻，我有些纠结。我给妻子打了个电话，说晚上又有任务，可能又不能陪伴她了，好在她深明大义，说以工作为重。

我调转了摩托车的方向，当天刚好是所长值班，听完我的汇报，所长说，"你去把法律文书打好，还是我俩去吧！"

山区的秋夜寒意浓，所长全神贯注地驾驶警车，抵达黄家岭已是晚上八点左右。为了不打草惊蛇，我们在村口就停车熄火，然后徒步进村。趁着月色，我俩摸近张天家的房屋，出于职业的习惯，我们绕房屋转了一圈，细心观察了一番周围的环境，以防万一。

张天家是三居室，靠东侧那间房子，还有灯光从狭小的窗子里泻了出来，以及女人的呻吟和男人气喘声。我们都是过来人，自然明白屋里的人在忙什么。此时嫌疑人张天无论是防范意识或者反抗能力都是最薄弱的，只要破门而入即可让他束手就擒，可所长却拉着我猫着腰走开了。在离张天家不远的坡上，我们居高临下监视着，屋内的人稍有举动都在我俩的掌控中。

不知不觉已是清晨。张天家一扇木门慢慢裂开一条缝，一个头发花白，凌乱不堪的脑袋小心翼翼地探出来，左看看右看看，感觉安全后才用力推开全扇木门，一个老妇人探身走出来。

我们不约而同地站起来，张天的母亲见是我们，唠叨起来："昨晚上我就知道你们来了，为什么不敲门呢？真是的，要在外边冻一晚上。"她显然知道我们是冲谁来的，朝屋内叫道："你快起来啦，去跟公安把事情交代清楚，人家已经等你一个通宵了。"张天一边应着，一边睡眼惺忪地走出来，说："我昨天回来时，我妈就把你们来找我的事跟我说了，我现在就跟你们到派出所。"

经过审讯，我们认为张天没有作案动机和时间，于是把他放了。

张天回去后，组织村民成立了一支护林队，而被护林队扭送到我们派出所的第一个人竟然是黄家岭村支书的儿子。据这小子供认，他见张天找了个外乡的漂亮媳妇，心里不是滋味，于是偷砍了几棵柏木故意栽赃于他。

这次，他又欲故技重演时，不幸被张天和村民发现，抓了现形。

有个女孩叫阿莲

那是去年夏季的一天，我在桥头镇公交站点候车时，老天爷忽然变脸，下起雨来。人不留客雨留客。我索性三步并作两步，跑到毗邻的一家商场避雨。

电闪雷鸣，雨水如注。这雨何时能停？临出门时，单位领导特别交待，要快去快回。等了一会，仍不见雨停，我心想：与其干着急，不如逛逛商场。

商场里的商品琳琅满目、数不胜数，像这样较具规模的商场，在东莞地区也是数一数二的。这里商品陈列整洁大方，给人一种温馨、舒适的感觉。伴着优美、轻柔的音乐，顾客或观赏货架上的物品，或选购心仪的商品，真是别有一番风味在心头。

"先生，你的发丝那么细，不妨试一下新款的潘婷，它能让你的发质变得光滑、柔顺。"一位服务员见我逗留在洗发水专柜，上前给我当参谋。可是，她不知道，我最讨厌别人的"好心"推荐了，因为"好心的背后往往是温柔的陷阱。"有一次，我在一家商场，本来想买海飞丝洗发水，可架不住工作人员的"好心"推荐，改弦易辙，结果买回的洗发水不但没改善我的发质，反而让我的头发变得更加枯燥，唉，真是出钱买罪受。从此，我对这种吃厂家回扣帮厂家吆喝的促销员敬而远之。

见我没有答话，女孩又热情介绍这款洗发水的性能。其实我的洗发水前两天就告罄，正打算买一瓶，却故意泼了一瓢冷水：

"假如这款产品的代理商没给你好处的话,你会这么卖力地向顾客推荐么?""你冤枉好人。"女孩气得差点掉下了眼泪。没想到自己出言不逊,伤了那位女孩的自尊心,我连忙取下她推荐的那款潘婷洗发水,走向收银台。这时,那位女孩追上来说:"我想它会令你满意的。欢迎下次光临。"我从她的工作牌上看到她有个好听的名字叫阿莲。

回去当天,我就试了试,这款潘婷洗发水挺不错,用它洗过头之后,头发柔软、易梳理,发丝留有淡淡的清香,感觉特别舒服。后来,我就一直用这种洗发水。

半年以后,又一次去桥头镇办事,我特地到商场,想向阿莲道歉。可是却没见到她,正当我在货架前徘徊的时候,又有另一个女孩轻轻地来到我身边说:"您的头发适合用潘婷洗发水,要买洗发水,请选择潘婷……"

其实,商场里的女孩都像阿莲一样尽职尽责,又何必去找呢?

听说莲湖的荷花开得特别艳丽,出了商场后,我便往莲湖的方向走去。由于不熟悉路,问了几个路人,才找到了莲湖。

我站在莲湖广场,欣赏着一池碧绿的荷叶,有个女孩走过来派发广告,我们同时认出了对方。是阿莲,她竟然也记得我,说那款洗发水还好用吧?我说还行,不是假的。然后,看了看她派发的广告单,是宣传人寿保险业务的。她说她改做保险业务员了,想请我支持一下。

买保险可不像买洗发水那么简单,保费要成千上万地交,不是我这种普通打工仔买得起的。我把头摇得像拨浪鼓。

阿莲说:"大哥,要不,你只买份意外险吧,几百块钱可以保一年平安的。"

　　我犹豫了好久,说:"你不会骗我吧! 听说好多保险都是骗人的,真出了事也报不了。"

　　阿莲笑了一下,小声说:"你又来这句了,我怎么会骗你呢?"

　　我一咬牙,就随阿莲去了保险公司,花了 550 块买了一份人身意外险。

　　买了保险后,我做什么事底气就足了,包括过马路。有一个下午,骑摩托车的妇女追着我骂:"你这个鸟人,横穿路口也要看看有没有车,你以为你买了保险啊!"

　　我嘿嘿一笑,回她:"你这两个轮子的也叫车,不瞒你说,我还真买保险了。"

　　一个深夜,我和几个同事在一家餐馆喝了点酒,摇摇晃晃地走到了租房楼下,可能因为我们胡言乱语影响到了楼上的住户,从天而降的矿泉水瓶砸中我背部,我受伤住院了。

　　那个扔矿泉水瓶的住户被公安揪出来,他往医院交了点钱后,就再也没有出现过。不过,好歹自己买了人身意外险。

　　那天,我打阿莲的电话,告诉她自己受伤住院了,让她帮忙报保险,她啊了一下,就不出声了,再打,电话关机。

　　后来,我去找那家保险公司,却早已人去楼空。听房东说,这是一家骗子公司,他也是受害者之一。哎,阿莲,想说相信你也不是一件容易的事。

先退一步

老贝是我新兵时候的班长，记得第一次投手榴弹演习，我以为离投掷线越近就能投得越远，是老贝及时提醒我先退一步的。当时，他是这样跟我解释的，"有的时候，退一步比进一步更有力量。"

果然，因为退了一步，给自己预留了充足的起步空间，我投掷出了好的成绩。

若干年以后，我们服役期满步入社会，开始了新的生活。我去了南方城市打工，老贝则成为家乡事业单位的职工。

起初，老贝的小日子过得还不错，后来就不行了，单位运转困难，半年发不出工资来。无米下锅的他急得团团转，打电话征求我的意见，我说那就先出来打工，若是哪天单位效益好了，再回去也不迟。

那个时候，南方打工的环境并不怎么好，由于全国各地的外来工纷纷而至，招聘单位百般挑剔，设计了一道道红杠杠故意淘汰多如蚂蚁的应聘者。

老贝白天出去找工作，晚上住在我宿舍，跟我挤一张床，条件虽然艰苦些，好歹有个落脚的地方。开头几天，老贝信心十足，满以为凭借以前在部队的历练，找份工作不在话下，可人家工厂招保安还要看学历，这让只有初中文凭的他一次次失望。

我在一家五金厂包装部当小头头，夏天的夜晚暑热难耐，偶尔会约上三五个工友去大排档喝啤酒,老贝也跟我们一起去,他的酒量很大,若放开喝,我们都不是他的对手。他每回喝醉了就哭,然后反反复复问我们:"这年头,当个保安咋还要高中毕业,你们说说,保安就看个大门,要哪门子文凭?"

看着老贝垂头丧气、哀声叹息的模样,我们的心里都不好受,更没心思喝酒了,草草散场回去睡觉。

老贝仍旧清早出门,晚上归来,脸色越来越差,人也没了精神。是啊,家里还有老婆小孩等着他挣钱来养,他怎么不愁呢?

我当然非常了解老贝的艰难处境,可我的力量太小了,想帮又帮不到他。事实上,老贝刚来那会,我就去求过老板和主管了,但他们都推说工厂暂不招人,让老贝住在厂里,已经算是给我面子的了。

虽然老贝从未开口求我帮他介绍工作,但以我俩的交情,岂能任凭他自生自灭。到了这个时候,我自然也急得不行,挨个给熟悉的朋友或有点业务联系的外单位人员打电话,发动他们帮老贝介绍工作。

过了几天,有家灯泡厂的业务员回复说他们厂正在招人,于是,介绍老贝进厂当了一名扣丝工。以前在家乡事业单位工作的老贝,冷不丁成了工厂一名普通员工,但他心里还是蛮高兴,因为收入可观。

然而,上班不到一周,老贝就跑回来了,坐在床头猛往肚子里灌啤酒。原来,下午有批货不是他弄坏的,组长硬说是他,据理争辩根本没用。结果,事情闹到车间主任那里。组长和主任是老乡,他自然护着组长,不分青红皂白便狠狠地批评了老贝一顿。血气方刚的老贝哪里受得了这个窝囊气,脱掉厂服就跑了。他余怒未消地向我诉苦:反正没干几天,工资没有多少,要不要都无所谓，即使找不到工作回老家，也总比在外面受气强。

我劝老贝先退一步，暂时不要去理会谁对谁错，主动回去跟组长和主任道歉，保住工作才是最重要的。老贝听了我话，气消了一大半，马上赶回工厂去了。他能这样做，让我松了口气。

两个月后，我决定去看一下久别的老贝。见了面，他兴奋地告诉我，幸亏那时没走，由于肯吃苦，爱钻研业务，工作干得出色，他已经被提升为小组长了。

约　定

汤雅大清早就来到六月酒店，可服务员说 X6 房的客人还没起床，让她等等。她倒也不介意等，为了那个约定，都等好几年了，不差这一时半会。

上学那阵，六月酒店的消费经济实惠，汤雅常和要好的姐妹来这里玩。那时候大家都穷，你五块我十块她二十块地凑钱吃宵夜、喝啤酒、K 歌，无忧无郁的，好不快活自在。

跟汤雅最要好的同学是小娜，她来自普通农村家庭，父母平时给她的生活费只够吃饭的，可自尊性极强的她每次集体活动都热心参与，而且分子钱从来只多不少。别的同学甚至误以为她是有钱人家的子女，只有汤雅知道，她是打肿脸充胖子装出来的。

有一次，汤雅有意走近躲在餐厅角落吃饭的小娜，数落她："这是何苦呢？你的家庭不富裕，参加活动时可以少拿或不拿钱的，现在餐餐白米饭加青汤，不怕把自己饿瘦了？"

"没事的，当减肥了，千万别说出去哦！"小娜压低声音答她。

汤雅拿她没办法，从自己兜里拿出二十块钱给她，小娜却说什么也不肯要，后来经不住劝说，才勉强收下。

大二下学期，正上着数学课，大门口的保安来到教室把小娜叫了出去……过了很长一段时间，汤雅听老师宣布才得知小娜休学了，至于什么原因，老师说小娜想给大家留一个完美印象，

不让他说。

同学们一片哗然,私下里纷纷向汤雅打听小娜的情况:你俩关系好,总该知道些什么吧？如果她确实有困难,我们可以一起帮助她。

"我跟大家一样,确实一点不知情！"汤雅心里多少有点委屈,至少,小娜应该把实情告诉她吧！

大约两个月后的一个周末,汤雅和同学们正在六月酒店胡吃海喝,服务员告诉已经显得有些微醉的她,小娜在 X6 房等她。

"小娜",汤雅心里默念了一遍,连忙找了个借口避开同学们的视线,来到 X6 房。小娜明显比过去瘦了,她痛苦地告诉汤雅,她父亲忽然病了,治病欠下不少的债,家里再也无力供她上学,但她毕竟在城里上过大学,算是见过世面的人,不想早早地把自己嫁了,去过没有爱没有滋味没有未来,也没有温度的日子。

末了,小娜流着泪问汤雅:"亲爱的,你能理解我的苦衷吗？"

汤雅点点头。然后,她离开了二十多分钟,再回到 X6 房的时候,手里头多了个塑料袋,里面装满了从同学们那里募捐来的钱。汤雅把钱交给小娜,对她说:"是凤凰就要飞出去,你走吧,去远方……等你活出人样来了,再回来,我们约定八年后就在六月酒店的 X6 房见面。"

那一刻,小娜感动得说不出话来,和汤雅热烈地拥抱,说她一定记得住这个约定,自己会加倍努力不辜负她的期望。

小娜走后的第二年夏天,汤雅他们大学毕业了,带着各自的梦想,像一群长大的鸟儿飞离了母校,走向不同的工作岗位,生活在了不同的城市,亦难再见面。

步入社会后,汤雅的运气似乎一直不好,自己工作了不几年便下了岗,丈夫又是个赌徒加酒鬼,一年到头往家里拿不回几个钱。因此，汤雅的日子过得惨淡极了，她变得沉默少语了。

后来，有热心的同学建立起了"老同学 QQ 群"和"微信群"，不断把那些失联了的老同学，好姐妹陆续找回来，大家好不容易又聚在一起，天南海北一番狂聊，群里每天热闹非凡。

直到几天前，汤雅正辅导孩子写作业，QQ 头像闪动，来了个临时会话框，对方说："好姐妹，还记得我们之前的那个约定吗？记得到时候来与我会面哦！"

小娜一直是燃烧在汤雅心头的希望，现在救星终于到了，她内心里无比的激动。

到了约定的这天，汤雅一早就来了。在等待小娜起床的这段时间，汤雅心里一直暗暗地猜测：小娜会给自己什么样的回报？

等了约半个小时，前台的服务员接了个电话，就立马过来请她上 X6 房。

汤雅激动地推开房门，结果却大失所望，只见头发蓬乱、衣衫破旧的小娜提着个沾满油污的箱子立在屋子中央，根本没有春风得意，衣锦还乡的模样。

心凉半截的汤雅连招呼都没跟小娜打一个，一言不发地退出 X6 房，狠狠地关上房门。

"逗你玩玩，你怎能这样？"小娜生气地扯下假发，抹去脸上的油彩，火气一下子窜上脑门。

接着，那只装有 50 万元，小娜准备送给汤雅当见面礼的，看上去不起眼的密码箱随即重重地摔落到地上。然后，小娜的眼泪就一滴一滴，坠落在那一沓沓散落于地的人民币上。

雀庄往事

冯凡爹娘死得早,好在二叔把他当亲儿子养,耗尽积蓄给他讨了个水灵灵的媳妇。媳妇春花是把过日子的好手,两口子的二人世界甜甜美美,羡煞雀庄的后生崽。

后来,雀庄的后生崽不想守着一亩三分地,走父辈们土里刨食的老路,盛行外出打工挣钱。大家伙一个二个出外打工了,按月千儿八百地往家汇钱,春花看得心痒痒,动员冯凡也出去闯闯,好挣些钱早日改变家里贫穷的生活状况。新婚宴尔,热乎劲没有过,冯凡不愿意出门,但经不起春花的多番劝说和赌气,一狠心去了省城。

山村农家出生的孩子干活肯下力气,再加上脑袋瓜子灵活,几个月下来,冯凡便得到了建筑公司工程部主管的赏识,当上了小头头,毛爷爷哗啦啦地往家里寄,而自己稀饭对付咸菜吃得津津有味。

不知不觉两年过去了,也许是离家久了,冯凡开始疯了一样想家想春花,偶尔碰到个女人从工地旁边的小路经过,他还以为春花看他来了,使劲地揉眼睛,但看到的不是春花。主管看他干活越来越没神采,打趣地逗他是不是想媳妇了?他不置可否。主管是过来人,自然会意,不等他开口,主动批了半个月假给他。

要回家了,冯凡心里乐开了花,一路小跑着去街边市场,给自己也给春花挑了几件衣服,给二叔买了两瓶不知名的治风湿病的药酒,然后回工地美美地冲了个凉水澡,换上新衣服。他想,自己好歹在省城呆了一回,不能脏兮兮地回去,那样多没面子啊。

做好这些乱七八糟的准备工作后,冯凡来到省长途汽车站已是下午三点,还算幸运,赶上了开往家乡的末班车。

坐了几个钟的车,赶了一段山路,冯凡打开院门进了院子却进不了屋门,门从里面反锁了。用力敲门,只听见屋内一阵忙乱,春花在里面慌张地问是谁? 站在屋外的冯凡激动地报出了自己的大名。春花明明说来了,可等了好大一会,门才打开。

春花的反常举动令冯凡心生疑窦,他一把推开堵在门口的春花,进到卧室,只见里面衣服散落一地,凌乱不堪,一双陌生的男装拖鞋交叉着躺在地上……

冯凡眼睛里冒出愤怒的火花,一把抓住春花的头发,恶狠狠地问:臭娘们,你说那个野男人是谁?

春花紧张得支支吾吾说不上来。冯凡走到大衣柜面前,正要打开门看里面是否藏了人,却听见背后的房门嘎吱一声,他扭头看见一赤身裸体的男人夺门而出。

隐瞒不住了,春花扑通一声跪下,请求原谅。她交代:那男的是本村鳏夫刘海洋,他经常帮她干农活,嘘寒问暖,给她买漂亮衣服,还送过一条大大的金项链,一来二去俩人就在一块了。

"哎,你啊你!"冯凡高高扬起的巴掌最终落在了自己的脸上,然后,他找出把杀猪刀,气呼呼地出了门。春花拦也拦不住,就跑去二叔家求助,二叔说了句不好,要出事呢,就报了警。

接到村民的报警电话,派出所民警钟凌带上协警万发驾驶警车,闪烁着警灯一路颠簸风尘仆仆地进入雀庄。

见救星到了,村民们立马围过去,急急忙忙把钟凌他们往案发现场带。

刘海洋家院墙内,冯凡像发怒的雄狮,持杀猪刀抵住一个七八岁小男孩的脖颈,大吼大叫:刘海洋,你个缩头乌龟,敢做不敢当,还不快滚出来,要不然,老子要了你儿子的小命,让你个狗日的断子绝孙。小男孩被吓得浑身发抖,一边哭,一连哀求:别杀我,别杀我。

钟凌往前走了几步,朝冯凡晃晃手,清了清嗓子喊:"你不要冲动,千万别伤害无辜的小孩,你放了他,我们聊聊。"

看到身着警服的钟凌,冯凡愣了一下,把杀猪刀重重扔到地上,接着,整个人瘫坐到地上,机灵的小男孩乘机逃开了。

钟凌和万发要将冯凡押上警车的那一刻,二叔说,"小钟,我得求你个事?"

钟凌拍了下胸脯,说,"您老说,只要不违法,小侄照办。"二叔和他爹有点交情,前几年他上大学时从二叔那里借过学费,他参加工作后有钱了要还,二叔说什么也没要。这份情,钟凌一直记着呢!

二叔盯了春花一眼,叹了口气,对钟凌说,"小凡的爹娘死得早,这孩子是我一手带大的,他本质不坏,你可得关照着点。"钟凌点点头。

望着远去的警车在浓厚的晨雾里最后变成一个小红点,雀庄村民个个心里不是滋味,而泣不成声的春花后悔得直用头撞墙。

天蒙蒙亮,有村民去取水时才发现刘海洋淹死在了井里,估计是晚上慌不择路掉进去没爬上来。

这件事发生后,雀庄外出打工的后生崽约好了一样,纷纷回来把媳妇领走了,有条件的,连小孩也接去城里读书了。冯凡释

放后，听说带上春花、二叔以及那个丧父的可怜娃去了外地讨生活，再也没有回来过。

　　过了些年，钟凌和万发去到雀庄搞人口普查，发现鲜见年轻人，留守的尽是些老幼病残人员，田地大都荒芜。但庄里的豪华乡间别墅居然一幢接一幢地耸立着，好像在交头接耳，诉说着什么。

无处躲藏

　　那年秋天,踏着四处飘飞的落叶,王晓辗转来到山西一个偏僻的山区,在一个小煤矿当了一名矿工。自从酒后驾车撞死一对骑自行车的母女后,王晓就再也没回过家,由于担惊受怕、食不果腹,容颜苍老得厉害,家里人或许早已认不出他是谁来了,何况,有一阵子在餐馆打工的时候,厨房失了火,使他的脸落下了一大块疤痕,跟原来的模样大不一样。

　　每次下井采煤,工友们的心都是悬着的,因为谁都不知道,下一刻会不会发生矿难。王晓却毫不在乎,相比之前居无定所的流浪生活,这里算得上神仙日子了。这个矿区由三四家小型私人煤矿厂组成,为了节约成本,都没有开自己的饭堂,他们这个厂的矿工固定在靠矿区东面的春意餐馆就餐。

　　每天的中午和傍晚两个时段,小餐馆里聚满了人,七八张桌子都不够坐,闹哄哄的甚是热闹。老板娘半老徐娘风韵犹存,就像小餐馆的名字一样,浑身上下充满了春意和温暖,大伙有事没事,总喜欢和她开些暧昧的玩笑,欢声笑语一直充斥着小餐馆的角角落落。尽管生活枯燥无味,整天累得腰酸腿疼又时刻与危险相伴,但王晓苦中取乐,日子过得还算平静,且收入还过得去,不到半年时间,他就匿名给老家的父母寄去了八千元。

　　又过了一阵子,在另一煤矿干活的三十多岁的男子,可能看到春意餐馆气氛好的缘故吧,也时常跑到这里来凑热闹。他脸膛黝黑,手掌粗糙,与平常的矿工没什么两样,一看就是个靠力气挣钱吃饭的。不同的是,这个人很粗率,喜欢吹牛,有点儿不知天高地厚,还总爱色眯眯地围着老板娘献媚。不知为什么,王晓一见到他就觉得恶心,因为不喜欢他,每次都躲得远远的。大伙却都当他是开心果,时不时鼓动他亲一下老板娘的脸,或者摸一下老板娘的屁股。这也难怪,一群背井离乡、身份低微的矿工,除了拼命卖苦力挣钱,思亲想友以外,平时少有娱乐活动,只好自娱自乐。

时间长了,王晓知道这个人叫赵乐。由于赵乐性格开朗乐观,为人大方,又比较讲哥们义气,时不时地请请客,有时一人一包三五块的烟钱就算在他身上,工友之间闹矛盾了,他也帮着调解,大伙后来对他有点刮目相看了,就连老板娘看他的眼神都充满了柔情,让旁人艳羡。

赵乐总爱吹嘘自己是个"能人",在老家还有房有车,总之每次都有不同版本的故事可讲,都快把自己吹上天了。比如,他说认识当地黑白两道的名流,谁是谁连名字都能叫得上来;比如,他说在矿区遇见几个地痞流氓欺负一个弱女子,他想都没想就操起家伙,冲上去几下子就把他们搞定了。王晓听了很不服气,心想,要是真有这能耐,恐怕早就不在这里挖煤了。虽然心里不服,但他不能表现出来,只是用鼻子哼上一声。

见王晓总不爱搭理自己,更不和自己交往,赵乐察觉后不乐意了,甚至有些气恼。有一次,他借题发挥,和王晓吵了起来,还从身上拔出刀子,挥舞得啪啪作响,幸亏工友及时把他拉开了。

面对赵乐的挑衅,王晓一直保持沉默,只是用一种不屑的眼光盯着他。赵乐虽然被工友拉着,但他挣扎着冲王晓吼道,怎么,不服气啊?咱们可以找个地方,好好比试比试?王晓没理他,他不想多事,他知道在这里站稳脚很不容易的。

　　大概以为王晓软弱可欺,之后赵乐总是隔三岔五地去找他的麻烦,嘲笑他胆小怕事,没有骨气,一点都不像个男子汉。王晓几次想以牙还牙,但一想到自己的处境,只好忍气吞声。

　　然而,树欲静而风不止。过了几天,赵乐还当着大伙和老板娘的面,说王晓脸上有疤癞,丑得像猪八戒,接着还假装不小心把他刚买的饭菜推到桌子底下,用脚踩了几脚。

　　人怕伤心,树怕剥皮。王晓终于忍无可忍了,说,"你不要欺人太甚,兔子急了还咬人呢!"赵乐哈哈大笑,声音里满是鄙夷和轻蔑!

　　王晓已受不了这种侮辱,恼羞成怒地说,请你不要狗眼看人低,小心会吃亏的。赵乐笑得更凶了,讽刺说,就你那熊样?半天放不出个屁来,说话阴阳怪调的,能有什么本事,能把老子怎样?确实,这几年走的地方多了,王晓的口音已经南腔北调了。

　　这时,老板娘出来打圆场,她说,都是自家兄弟,何必闹翻呢?大家都是苦命的人,如果不是生活所逼,谁还会来这种鬼地方,退一步海阔天空,我请你们喝酒。这番话从风情万千的老板娘嘴中说出就是中听,赵乐和王晓都为之一震,仔细想想不就是这个理吗?于是,这对冤家心平气和地坐到了一起,两人你一杯我一杯地喝了起来。几瓶啤酒下肚,话自然多了起来,又一杯下肚,赵乐神秘地对王晓说,兄弟,我可不是吓唬你的,老子真的动过刀子,放过血的。怕他不信,赵乐又说,你可知道,几年前,某市某某小学的校长是怎么死的?

　　王晓说不知道。赵乐喷着酒气说,我以前在菜市场卖肉,那校长是被我用杀猪刀砍死的,他强奸了我八岁的女儿,就该死。说完,赵乐放声号啕大哭。

王晓安慰他说，兄弟，你别哭了，我也是背负两条人命的逃犯，几年前的一个晚上，我酒后开车，在广东把一对骑自行车的母女撞死了。

看着不明就里的工友们正拿异样的目光看着他们，王晓转过半边头问：我的实际年龄才二十八岁，你们相信吗？

大伙哪里相信，他们都在笑。

老板娘带着几个陌生男子冲过来，不慌不忙地从怀里掏出警察证，用非常严肃的口吻说道："我相信，协查通报上写得很清楚。要是你们自己不说出来，还真不好判断呢？"

春意餐馆的气氛一下子凝固了，大伙都愣在了那里。瞬间，王晓和赵乐明白过来：这回完了，该来的，早晚要来。

衣锦还乡

姚林蹬着三轮车送货的途中，接到父母的电话，才得知同村的儿时伙伴大耳虫在外面混出人样来了。父母说前些日子，大耳虫竟然开着辆小轿车回家相亲，三十多岁了讨了个十八岁的女娃娃做老婆。

父母的言下之意，姚林知道。父母当然也知道，姚林在外一直没回家，肯定是没混好，没钱没脸羞于见人。

老板娘每次和姚林碰面，总冷嘲热讽："我家超市可是个小地方，你不觉得屈才啊？"

"不屈呢！你和杜老板对我这么照顾，我知足了，知足常乐！嘿嘿。"姚林边说边点头哈腰，尽量多挤点笑容在脸上。

送货是力气活，辛苦一个月往往只换来十几张百圆钞票，再加上老板娘阴阳怪气的，姚林有时真想拍拍屁股走人。

一天晚上，超市正准备歇业，十几个手持木棒、砍刀的男子冲了进来，为首的壮汉把冰冷的砍刀架在老板娘的脖子上，凶狠地叫道："统统不许动！"杜老板哆嗦地掏出手机，可还没来得及拨号，脑袋便挨了一闷棒，鲜血淌了一地。老板娘和售货员见状，吓得大气都不敢出。

姚林送完货回来，目睹这一幕后，心里暗叫了声"不好，有人打劫。"然后，他抄起一根铁管，奋不顾身地冲进超市。

为首的壮汉扫了一眼姚林，吃了一惊。这时，姚林也认出他

是大耳虫了。正在姚林为难的时候，大耳虫对手下作了个撤的动作，打破沉默："弟兄们，这次算了，我们给这位老兄一个面子，把钱和货全部留下。"姚林会意地抱拳冲大耳虫道："那谢谢大哥！"

等大耳虫一伙走远了，杜老板有些疑惑地问姚林："你跟他们熟啊？"

"不熟，我都想不通他们为什么会把到嘴的肥肉吐出来呢！"姚林不傻，自然没说真话。

杜老板想了想，说，"那他们有可能被你刚才的气势吓倒了，以为你报警了或者外面还有帮手呢？呵呵！"

"什么是英雄，这次我亲眼看到了。要不是姚林，我们的损失可大了。"老板娘好像变了个人似的，说话的声音亲切极了。

几天后，姚林又接到父亲的电话。父亲兴奋地问姚林是不是也做生意了，埋怨他开了超市也不跟家里人说一声，要不是碰到大耳虫的父亲，自己还蒙在鼓里呢？大耳虫这招真高，先给姚林戴上高帽子，赌住姚林的嘴。未等姚林解释，他妈接过电话，大声说："儿子，你抽空也开辆四个轮子的小车回来，像大耳虫一样把婚姻解决了，娘就放心了。"本来想跟父母好好解释清楚这件事的姚林，话到嘴边又咽了回去。

临近夏季，好事找上门来，老板娘说出了姚林感兴趣却没能力实施的计划：你帮过我们，我们也帮你一次。你老大不小了，最紧要的是找个媳妇。我们都是老乡，知道老家的女孩虚荣心强，要是你开辆小车回去装装样子，谎称在外面有事业的话，准成。末了，她又补充道：你准备一下，事不宜迟，过几天就让我老公陪你回去，充当你的司机兼秘书。

"嫂子，还是你和杜老板想得周道。"姚林感激涕零。

经过一番精心准备和包装，姚林坐上杜老板的"马六"轿车朝离老家越来越近的地方驶去……

姚林前脚进家门，媒婆刘婶后脚跟来了，提出把自己的远房表侄女介绍给他。会来事的"秘书"见状，马上给刘婶封了个大红包。笑成一朵花的刘婶围着"马六"轿车转了一圈，乐颠颠地跑去女方家报信了。

隔天，刘婶就把女孩带来了，她二十岁上下的样子，长得水灵灵的。姚林满心欢喜。女方父母提出要收三万块彩礼，不等姚林开口，"秘书"转身从车里拿出钱来。女孩生怕姚林反悔似的，立马拉着他去领了结婚证。

虽然婚事比想的还顺利，但自己的事自己明。几天后，姚林不顾家人和新婚妻子的极力反对，以照顾生意为由，坚持要走。妻子泪眼蒙眬地要求跟他一起南下，姚林故意大发脾气："你去干什么，外面那么乱，大耳虫的妻子不也在家待着么？"然后，毅然决绝地走了。

离开家乡那天，天空下着毛毛细雨，凝望着前来送行的父母和乡亲们，特别是双眼挂着泪珠的娇妻，姚林心如刀割，心里暗暗发誓："总有一天，我要真正衣锦还乡。"

后记

独　白

男人过四十,总觉得自己缺少了点什么,我想,可能是年少轻狂的锐气吧!若时光能回到十六年前,我二十五岁,刚从北京某部队退役。面临的困境是没有工作,家徒四壁,父母根本拿不出钱来给我救急,而我必须振作起来寻找出路。

可是,生活没有如果,生活就像一首忧伤的歌。

即使到了现在, 我还是总觉得自己的天空飘着雾霜,既回不到过去,又看不见未来,肩膀上扛着生活千斤重的压力,绝不敢有些许的停滞不前和灵魂的放纵,整天忙忙碌碌,忙工作、忙应酬、忙赚钱,小心翼翼地演绎着不同的角色:好丈夫,好父亲,好儿子,好兄弟……其实,还有好多的"好",我不敢写了。

请不要笑话我虚伪和懦弱,我只是个平

凡的普通人。我绝不敢把自己剥得一丝不挂，放在阳光下暴晒，我知道自己身上存在着许多的污点和缺点，所以，我一直没有光环，走在往来匆忙的人群中，没有因为与众不同而会有人回眸多看我一眼。

我平凡而普通，但从不平庸。因为出身贫寒的缘故，没有任何可以依靠的人，所以我从小就很努力，也很独立，还是花季的年华，我就开始在外面打拼，经济上独立了。后来当了兵，在部队宣传股当报导员，写新闻，也在报纸上发了不少，慢慢地，我学着写散文、诗歌、小说。我觉得文字是灵动的东西，它能把在现实生活中得不到，无法实现的东西变成现实，照亮一个人前行的目标与方向。因为爱好和执着文字，所以我找到了快乐！文字也让我贫贱的青少年时光变得丰盈而有意义起来。

生活就像无边无际的大海，有的人注定要把命运放逐远方，我就是这种人。我是一个外表冷漠内心却相当狂热的人，是一个勇于在艰难困苦中拼搏的人，是一个热衷于把异乡当故乡的人，现在异乡却恰好成为自己的故乡。我在湖南、北京、广东、吉林、海南都待过，干过很多种工作：电镀工、保安、广告业务员、杂志编辑等，也有过各种不同的称谓，湖南蛮子、外来工、新莞人等。

凄苦而艰难的岁月，我内心里装满了一个男人的不屈、不甘和愤愤不平，幸而有文学相伴，才使自己没有在异乡灿若烟花般的城市里迷失和坠落，而是越挫越勇，并定居在了广东东莞，有了自己的家庭和微弱的事业。

一直以为自己是个小人物，一位和自己要好的大哥也给过我忠告，"你不要把自己看得有多高，也不要把自己看得有多低。"我知道，大哥是希望我本分地做人，踏实地做事，认真地生活，客气地待人待物，安安静静地写作，这些我似乎都做到了，又似乎都没做好。

从一个人的文章可以看出他的为人，看出他的社会阅历和知识面，从事写作二十多年，写的东西不少，真正创作出了多少精品，这点就不好说了。但有一点，我不喜欢把作品写得很深沉，不喜欢着力去构造离奇虚无的故事，更不想把小说写成像唱赞歌的通讯稿，我喜欢用情很深很真地去写自己在现实生活中遇到的活生生的故事。

从年轻到不惑，兴许自己本身就是个身份低微小人物的缘故吧，我的小说作品塑造的人物也大多是卑微的身影，他们当中有好的也有坏的，他们真真切切地活着，爱着恨着，哭着笑着，或悲或喜，他们就那么真实矛盾地存在于社会。

每当一个人静处的时候，我就会想起许多往事。这些年，为了所谓的理想，为了生存，我一直奔跑在路上，没有好好地享受生活，没有用心地品味一下人生，甚至没有哪怕是虚情假意地爱过、珍惜过自己身边的人：父母亲，妻儿，朋友们，以及那几个遥不可及却经常在心里念道和牵挂的人，就已鬓发苍白。

是的，我已不再年轻，但是我希望自己的作品永远年轻，富有青春活力。我也深深地相信：每个卑微的生命在时光的长空下，终究会燃烧了自己，发出耀眼夺目的光芒。

谢松良
2017 年春季于东莞（桥头）小小说创作基地